KB029044

풍경의 깊이
사람의 깊이

최일남 에세이

풍경의 깊이
사람의 깊이

송영방 그림

문학의
문학

다 아는 대로 예전에는 인생 오십이 보통이었다. 그쯤 해서 생로병사의 마지막 단계를 거치기 쉬웠거늘 요새는 인생 팔십으로 평균 수명이 늘었다. 얼싸절싸 지화자를 놀 판인데 어쩔거나. 지금은 젊은 다섯이 노년 하나를 먹여 살리는 꼴이되 이십여 년 후에는 일대일이 된다는 말에 간담이 미리 서늘하다.

함에도 불구하고 형형색색의 알약을 조석으로 입에 털어 넣는 위선을 떨며 열심히 산 덕에 또 책을 내게 되었다. 《어느 날 문득 손을 바라본다》는 산문집을 쓴 지 4년 만이다.

거저먹은 나이를 쿠션인 양 깔고 앉아 이 노릇이 모두 정년이 따로 없는 문학 덕분이라고 응석 부리기 무안하지만 사실은 사실이다.

애초에 작심한 건 아닌데 이번에는 사람들의 이야기가 대부분이다. 역사가 공공의 재산이라면 개개인의 삶은 필경 사람에 대한 기억과 사연으로 점철되는 것이 아닐까.

나는 따라서 잠 안 오는 밤이 적적하지 않다. 시척지근한 회상에 갈수록 느는 능청을 입힌 까닭이다. 머릿속에 가득 저장해 둔 인물을 무작위로 골라 수작하는 재미가 쏠쏠하다. 너랑은 안 논다고 내뺀들 소용없다. 일방적 선택권이 내게만 있는 터라 상대방은 싫어도 시간을 내줄밖에 없다.

바느질의 달인이셨던, 너무 일찍 떠난 저 세상의 우리 어머니와도 그런 식으로 가끔 만난다.

본을 따라 혼 두 짝의 무명천을 박음질하다가 순식간에 버선목을 확 뒤집는 솜씨가 기막혔다. 오뚝하게 드러난 버선코가 도도하게 예뻤다.

그처럼 매운 손끝을 본받아서도 내 글쓰기가 좀 칼칼하고 야무졌으면 싶은 헛된 소망을 웃으며 세월은 아 잘 간다. 이 앓는 소릴랑 그만 거두고 어기적어기적 가는 데까지 가 보자꾸나.

송영방 화백의 그림이 생광스럽다. 정성껏 책을 꾸민 〈문학의문학〉이 고맙다.

2010년 가을
최일남

차례

3 풍경의 깊이 사람의 깊이

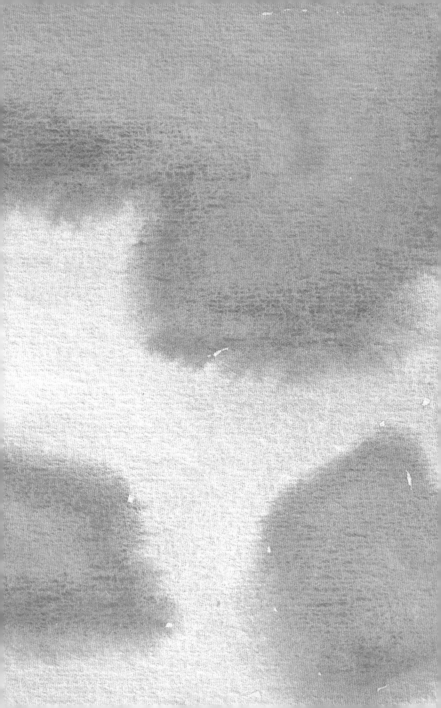

1

길을 나서면
생각이 깊어진다

길을 나서면 생각이 깊어진다

요새 산에서는 좀처럼 '야호' 소리를 듣기
어렵다. 유난히 호연지기를 강조하던 예전 한
때는 어른이나 애나, 여자나 남자나 흔히들 외쳤
다. 산꼭대기에 오를 적마다 손나발을 입에 대고 목청껏 고
함을 질렀다.

아주 사라지지는 않았을 게다. 지금도 건각들의 무박 2일
산행이라든가 전문 등산가들의 야간 등반에는 서로 신호를
주고받는 '야호'의 본래 구실이 더러 요긴할 것이다.

하지만 빤한 코스를 오르내리는 당일치기 등산에서는 드
디어 촌스럽게 비칠 공산이 크다. 풍경에 새삼 고개를 돌
리지 않고 경보競步 선수처럼 모두들 잰걸음 치기에 바쁜

최일남

동네 산에서는 하물며. 자기 등뼈 빳빳이 펴자고 죄 없는 상수리나무를 등으로 탕탕 치는 이들을 말리는 눈은 없어도, 갑작스런 일성一聲 환호를 비웃는 시선은 많을 것이기 때문이다.

잠잠해질 만해서 잦아든 외침도, 그러므로 대중탕을 혼자 차지한 듯이 쩌렁쩌렁 낭창朗唱하던 노인의 시조와 더불어 간 셈이다.

그러한 산에 올해2007년부터는 시인마을이 부분적으로 생겼다고 듣는다. 입장료가 폐지된 국립공원 들머리 매표소 188곳 가운데 69곳을 탐방지원센터로 바꿔 '시인마을'이라는 이름을 떡하니 붙인 것이다.

산행 짬짬이 읽을 시집을 빌려준다는 기본 발상이 당장 희한하다. 어떻게 뿌리를 내릴지 궁금한데, 관리공단은 민족문학작가회의 시분과위원회의 도움을 받아 옛시조와 현역 시인 100여 명의 작품 500편을 가려 뽑았다. 그걸 10권의 시집으로 만들어 비치했다고 한다.

작지만 전무후무한 일이다. 지난해에 산을 찾은 사람이 2,700여만 명이랬으니 앞으로는 우리나라 인구의 3분의 2 이상이 산에 들 때마다 시의 품안에서 논다고 과장해도 될까.

　반드시 시와 벗하지 않는다 하더라도 최소한 훈김은 쐬겠거니 기대하기로 한다. 앞서가는 지레짐작이 그러자 조금 즐겁다.

　한국국학진흥원과 한국문화콘텐츠진흥원이 마침 발표한 '조선시대 유산기遊山記 디지털 콘텐츠'가 또 귀에 새롭다. 신문 뉴스를 통해 대강의 얘기를 접했을 뿐 구체적인 내용은 차차 챙겨야겠으나, 옛 선비들의 산행 과정을 적은 기행문이 1500여 편을 헤아린다는 사실이 우선 놀랍다.

　그들은 백두산, 금강산, 지리산, 가야산, 북한산, 청량산을 가장 많이 찾았다. 이중에 특이한 것이 경북 봉화의 청량산이다. 6대산에 끼기에는 높이870m나 지명도가 좀 빠지기 때문인데 그 연유가 재밌다. 조선 후기 집권 세력인 노론 가문 인사들이 금강산 유람에 치중하는 동안, 권력에서 소외된 남인 중심의 영남 유생은 가까운 청량산을 자주 올랐다는 내력이 흥미롭다.

　이가원李家源이 쓴 〈퇴계의 시가문학 연구〉에 따르면, 퇴계는 청량산을 '오가산吾家山'이라 이를 만큼 좋아하여 55편의 시를 지었다. 시조는 다들 아는 한 수만을 딱 남겼다.

청량산 육육봉을 아느니 나와 백구/ 백구야 훤사하랴 못 믿을손 도화로다/ 도화桃花야 떠나지 마라 어주자魚舟子 알까 하노라

국학진흥원 등이 번역 분류해서 데이터베이스DB를 구축한 유산기는, 학술 연구보다 관광 상품과 창작 소재 활용 쪽에 더 무게를 둔다. 그러자고 만든 스토리뱅크의 뜻이 크다고 했다.

왜 '유산기'인가. 어렵게 생각할 것 없다. 만고강산을 유람한 문장가들의 글을 따로 뭉뚱그린 데 불과하다. 겸재 정선 등이 그린 진경산수眞景山水에 흠뻑 젖기 위해 그들은 명아주지팡이靑藜杖를 짚고 산절로절로 수절로절로인 선경을 노닐었다.

놀기로 치면야 오늘날의 등산인들 얼마나 다를까마는, 현대인의 병통인 스트레스 해소나 몸만들기 의식이 그때는 없었거나 덜했으리라는 차이를 먼저 염두에 두어야겠다.

이번 유산기 정리에도 나타났듯이 노론 가문의 금강산, 지리산 행차에는 가마가 대량 동원되었다. 외국 선교사들이 테니스하는 걸 보고 하인에게 시키면 될 일에 고생도 팔자로구나 혀를 찼다는, 구한말 고관대작들의 믿거나 말거

나 우스개와도 맥이 닿을 거동이다. 그러나 산에 드나드는 사람들의 마음가짐과 행태가 입에 담기조차 따분한 '격세지감'으로 다를 뿐, 넓게 보면 거기서 거기일 것 같다.

지금은 자취가 아주 없어졌지만 내가 여남은 동호인과 함께 간 50년대 말만 해도 지리산 노고단에는 서양 사람들의 별장 흔적이 남아 있었다. 피서를 겸해 붉은 벽돌로 지은 일제시대 건물의 잔해가 눈에 띄었는데 그들 역시 가마를 타고 올라 다녔다.

지리산 종주 막판에 기진맥진 다다른 노고단은 아닌 게 아니라 별천지였다. 한여름이었는데도 차라리 선선했다. 1500m 고원의 넓은 초지에 맑은 시냇물이 졸졸 흐르고 전후좌우로 시야가 확 트여 더없이 상쾌했다.

그때 우리는 짐을 나르는 포터를 따로 샀다. 과분한 행장이되 큰 산 원정을 마음먹기 어려운 시절에 1백 리 능선 길을 타자니 별수 없었다. 3박 4일을 산에서 보내는 데 필요한 미군용 텐트의 무게와 취사 장비가 여간 아니어서 당시는 흔히들 그랬다.

텐트를 친 다음엔 가장자리를 얕게 파 백반 가루를 빙 둘러 뿌렸다. 뱀의 침입을 막기 위해서였다.

무작정 감행한 모험이 아무튼 이만저만 벅찼다. 함양 마

천을 출발하여 백무동→제석단→천왕봉을 찍고, 장터목
→세석평전→연하천→노고단→화엄사로 빠지는 코스가
힘겨워서도 노고단의 광활한 전망이 마냥 감동적이었다.

그 뒤로는 산의 웬만한 높이에 기죽지 않고 응석마저 부
리는 여유를 누렸다.

말이 우습고 뜬금없을지 모르겠으나 이 땅에 사는 우리네
중에는 태생지의 멀고 가까움을 떠나 어슷비슷 죽이 맞는
'뒷동산 출신'이 참 많다는 생각을 가끔 한다. 국토의 7할
이 산이라고 배운 소싯적 지리 시간이 간에는 한편 답답했
다가도, 거지반이 뒷동산을 일상에 끼고 산 덕에 정서적 소
통이 이심전심 빠르다.

앞동산인들 없었으랴만 뒷동산처럼 만만하고 친숙하지
않았다. 멀리 바라보는 존재로 어쩐지 뜨악하여 정을 주기
어려웠다. 뒷동산에 올라 전쟁놀이, 칡 캐먹기 등으로 실컷
시간을 죽이다가 노래라도 부르면 한나절의 끝이 근사하거
늘, 앞동산에서 그랬다는 얘기는 두고두고 못 들었다.

하기는 자리 잡은 동네의 향에 따라 앞동산이 뒷동산 되
고 뒷동산이 앞동산 되기 마련이다. 산으로 병풍을 둘러 뒤
를 단속하고 앞으로는 전답으로 시계를 툭 터 마을을 앉히

면 그만이니까.

우리 세대는 어떻든 산을 벗어나기 힘든 평생을 보냈다. 어지간히 산 정기를 찬양한 교가를 노년의 동창회에서까지 깩깩 갈라진 목소리로 합창하는 풍습이 단적인 예다. 수양산 그늘이 강동 팔십 리 격으로, 어떤 학교는 백 리 밖 명산까지 멋대로 끌어당겨 학생들을 고무했다. 그런 때의 학생은 모두 '건아健兒'가 되었다.

내가 뛰놀던 뒷동산은 전주 완산完山이다. 일곱 봉우리가 서로 어깨를 겯듯이 다소곳하여 완산칠봉이라는 별명으로 시민들의 사랑을 더욱 받았다. 주봉의 높이가 고작 163m 밖에 안 되어 단숨에 오르내렸다. 동학혁명의 전봉준이 전라감영을 칠 때의 거점이었다는 역사야 훨씬 훗날에 알았다. 아무런들 '내 놀던 옛 동산'은 포근한 보금자리로 다시 없었다. 참으로 오랜만에 써먹는, 늙은 입에 간지러운 보금자리로 여태껏 정답다.

그랬으므로 서울에서는 산과 담을 쌓고 지내려니 여겼다. 웬걸이었다. 어찌어찌 하는 사이에 유명짜한 전국의 산길 들길을 줄창 헤맸다. 오란 데는 없어도 갈 데는 많은 푼수로 사시사철 발품을 팔았다.

잔사설 거두고 곧장 본론으로 들어가건대 맨 처음 오른

산이 경무대 뒤 북악이다. 그 아래 대통령 관저의 주인은 이승만 박사였다.

엄밀히 말하면 산행이랄 것이 없었다. 귀물로 치던 40몇 도짜리 경주법주를 개봉하기 위해 동료들끼리 창의문에서 성벽을 따라 간 장소에 불과했기 때문이다. 하지만 산은 산이요 술은 술이다. 취흥이 돋은 대낮 한때를 고성방가로 보냈어도 산 밑 경비초소의 경관 귀에는 들리지 않았는지 '취체' 하러 달려오지 않았다.

어수룩하다면 어수룩하고 느슨하다면 느슨한 시대의 한 반영인가 싶다. 나중에 나중에 어떤 이에게 얘기를 했더니, 그는 또 경무대 이웃의 경복고등학교 학생이었던 자기 친구의 경무대 화장실 이용을 들고 나왔다. 하교길에 갑자기 요동친 복통 설사를 못 이겨 달려갔단다. 딱한 사정 앞에 관헌도 금단의 문을 따 주어 위기를 면했다고 한다.

그러고 보면 문화 행사가 가물에 콩 나듯 드문 당시의 큰 구경거리였던 경복궁의 '국전대한민국 미술전람회' 또한 경무대 정문과 마주 보는 북문神武門으로 드나들었다. 그 후 출입을 막다가 최근에야 풀렸다.

4·19혁명과 더불어 경무대 명칭이 청와대로 바뀌고, 1968년 정월엔 북한 무장간첩들이 청와대 습격에 나선 1·21사

태가 터졌다. 마침 일요일인 데다 뉴스의 속보성이 워낙 떨어지던 때라서 등산꾼들은 그날도 멋모르고 평창동 일대에 꾸역꾸역 모여들었다. 군경이 삼엄한 경계를 펴 북한산 입산을 통제하는 까닭을 뒤늦게 알고 돌아섰다. 우리 일행도 발길을 돌렸다. 그냥 귀가하기 섭섭하여 홍제동 너머 안산^{鞍山}으로 방향을 튼 기억이 새롭다.

부질없다. 도봉산, 북한산을 비롯한 서울 근교의 산이 몇몇인가. 수락산, 불암산, 관악산, 청계산이 있다. 그만은 못 해도 인근 주민을 불러들이기로는 알짜배기인 올망졸망 잔챙이가 부지기수다. 등산 초기엔 남들이 그런 산의 정상에서 발아래 꽉 찬 빌딩과 집을 굽어보며 대붕의 기상을 한껏 날리는 터에, 나는 무주택자의 낙담을 씹었다. 저 많은 집 칸 중에 작은 신간을 뉠 공간 하나 없구나, 근천을 떨었다.

간혹 염증도 났다. 옹골지게 써야 할 시간을 내력 없이 산야에 흘리고 다니는 짓이 스스로 못마땅했던 것이다.

하지만 늘 그러다 말았다. 주말만 되면 내가 나를 보채어 산 날망으로 논틀 밭틀로 그예 떠났다. 잠시나마 먹은 이심^{二心}을 털어 버리듯 명불허전의 경관을 두루두루 떠돌았다.

아까운 나이에 세상을 뜬 경제학자 정운영이 자기 책《심장은 왼쪽에 있음을 기억하라》에서 인용한 서양 격언 생각이 난다. '방금 휴가를 끝낸 사람보다 더 간절하게 휴가를 바라는 사람은 없다'는 말이 그럴싸하다.

휴가를 굳이 산행 등으로 바꾸지 않아도 본뜻은 같다. 일본에서는 원전에서 곧장 옮기지 않고 다른 책이 인용한 것을 재차 원용하는 스스러움을 '마고비키孫引'라는 말로 슬쩍 눅이던데, 내가 즉 그런 격이었다.

어지간한 인간사가 대강 그렇다고 보아야겠다. 무엇에 일단 들리면 좀처럼 발을 빼기 힘들다.

종이 저널리즘이 곧잘 애용하는 제목 가운데 '너희가 ○○을 아느냐'는 당돌한 관용구가 있다. 난데없이 발칙한 질문으로 독자의 비위를 거슬러 일거에 관심을 끌자는 반어법이다. 나야말로 유사한 흉내를 내고 있지나 않은지 적이 무렴하거니와, 요새는 그나마 염을 못 내고 시도 때도 없이 제멋대로 뇌리를 스치는 추억을 깨지락거린다.

한라산에서 겪은, 혼자 보기 아까운 어떤 장면이 문득 눈에 삼삼한 것도 그런 때다. 강제 해직에 이은 80년대 중반의 스산한 감정을 달래던 여름이었다.

백록담을 향해 마지막 용을 쓰자면 불가불 쉬어야 할 지점에서 땀을 들이는 판에, 기신기신 비탈길을 기어오른 중학생 또래 한 소년이 내 곁에 이르자마자 폭삭 고꾸라졌다. 창백한 얼굴에 가쁜 숨을 몰아쉬는 몰골이 안쓰러웠다. 거기다 대고 그의 누나임직한 여고생이 즉각 한 방 먹였다.

"벼엉신! 꼴 좋다. 남자 자랑이나 안 했다면 또 몰라."

그러거나 말거나 큰 대 자로 누워 푸른 하늘을 우러러보던 녀석이 이윽고 작지만 또렷한 목소리로 엉뚱한 독백을 날렸다.

"체, 오늘의 이 고통이 추억에 남지 않는다면 말도 안 돼."

정말로 듣는 자의 의표를 찔렀다. 추억도 적금을 붓듯이 여투는 것인가. 미리 빌려 쓰는 재미에 겨워 행복을 꿈꾸는 시간인가.

누가 아니라고 했다가는 웃통 벗어부치고 대들 기세로 확신에 찬 표정이 가소로웠으나 내색하지 않았다. 진땀과 더불어 황홀하게 굳힌 그의 희망 사항에 훼방을 놓으면 죄로 갈 것 같아 슬그머니 고개를 돌렸다.

소년의 아름다운 추억 만들기는 장차 그의 성장에 어떻게 관여하고 녹아들었을까. 속절없는 망상이다. 내 산행 기억은 이렇게 잡스럽다. 단편적인 데에 머물기 일쑤여서 사유思惟의 세계와는 번번이 거리가 멀다.

지리산 종주 때 만난 고등학생들의, 밥반찬으로 싸 온 소금이 기막혔다. 아무리 한 시대 저쪽의 형편이 대책 없이 제각각 곤곤하기로 대여섯 장정 공동의 찬은 우그렁쭈그렁 알루미늄 '벤또'에 가득 담은, 굵은소금에 고춧가루와 통깨를 뿌린 것이 전부였다. 그들은 비바크할 마련도 장비도 아예 없어 하루 동안에 등반을 끝내야 한다고 서둘렀다. 가능한 일인지 무모한 욕심인지는 여하간에, 우리와는 역방향으로 천왕봉을 향해 바람인 양 들입다 뛰었다. 돌도 삭일 나이의 왕성한 식성이 못내 부럽고, 주파走破라는 말에 한 치의 어긋남이 없는 강행군에 찬탄의 박수를 보냈다. 내 기억이 아직 확실하다면 그들은 진주에서 온 학생들이었다.

스위스 중심의 알프스 등지에나 있는 줄 믿었던 에델바이스는 소백산 연화봉 언저리에도 겁나게 많았다. 기쁨이 컸거늘, 귀한 자연을 자기 집에 두고 보아야 직성이 풀리는 극성 앞에 지금은 흔적인들 온전할지 모르겠다.

천승세의 단편 〈황구의 비명〉을 연상시키는 축소형 기지촌은 평지 아닌 높은 산등성이에서도 목격되었다. 정상에 미군의 통신 시설이 있었으니까.

북한산 승가사 위 '진흥왕순수비'는 너무 쉽게 들어냈다. 그 자리에 두는 것을 전제로 달리 손을 쓸 수는 없었을까. 비석 없는 비봉을 지날 때마다 아쉬웠다. 나도 그때 현장에

서 이루어진 비非전문가들의 공론 자리에 우연히 섞여 있다
가 파손이 우려된다는 소리를 들었는데, 미구에 후닥닥 국
립박물관으로 옮기고 말았다.

60년대 초 한여름의 백담사 앞 자갈밭에서는 죽었다 살아
났다. 전날까지 연일 내린 폭우로 평소의 건천乾川이 무서운
격류로 변했기 때문이다. 대청봉을 가기 위해 물에 잠긴 전
봇대 굵기 독목교를 건너다 옆으로 삐끗 넘어져 한참 떠내
려갔다. 공포에 질려 허우적거리는 와중에도 정신을 놓지
않아 겨우 참변을 면했다.

산 이야기도 결국은 사람 이야기의 또 다른 국면에 다름
아니라는 뜻에서 시답잖은 경험을 몇 가지 들었다.

산뿐인가. 나서면 고생인 길을 사람들은 갈수록 바친다.
그것도 셈에 안 차 더 깊은 곳, 더 외진 곳을 찾자고 애쓴
다. 일에 치이고 빠름과 번잡에 멀미를 내는 글로벌 인생들
의 자연에 대한 괄목상대로 여기면 그만이지만 즉흥적 취
향이 너무 가벼워 보이는 것도 사실이다. 상업성 테마 여행
이 또 이를 부추긴다. 좁은 강토에 인적 드문 '숫땅'이 있으
면 얼마나 있다고, 그런 곳이 설사 남았다손 치더라도 그것
마저 우르르 들이닥쳐 뭉개면 곤란하다.

내가 오래전에 한국의 '비경' 어쩌고 하는 여행 칼럼을

두어 신문에 연재할 때도 들은 판잔이다. 진짜 비경일랑 몸으로 마음으로 그걸 사랑해 마지않는, 바지런하고 눈 밝은 사람을 위해 제발 남겨두라는 충고를 어떤 구안지사具眼之士로부터 들었다.

보라. 역사 깃든 명산의 음덕에 젖어 사는 서울 시민들의 복이 한량없이 좋기야 하다마는, 그 안에 들어서면 단조롭다 못해 무미건조한 느낌이 든다. '이름 모를 나무들'의 냄새를 맡기 어렵고, '이름 모를 새들'의 지저귐을 듣기 힘들다. 한동안 날씨라도 가물면 인파로 붐비는 산길에 뽀얀 흙먼지가 일 지경이고, 어쩌다 천하의 지천꾸러기로 미운털이 박힌 까치 울음소리가 마침내 귀에 반갑잖다. 산은 산대로 사람은 사람대로 못할 노릇이다.

그러나 지나치게 걱정할 것 없다. 태백산 계룡산에, 또 다른 어떤 산도 이제는 길이 반들반들 아스팔트를 입힌 것처럼 딱딱한데, 예전의 우리 금수강산은 실상 민둥산이 태반이었다.

순 서울내기로 낙산 기슭에서 자란 임화의 수필 〈할미꽃의 젓이 피는 낙타산록의 춘색〉고은 편·임헌영 해설 《납·월북예술가 산문축전》에도 그런 대목이 보인다.

시방[1936] 이곳을 찾는다면 벌거벗은 산등성이에 비비고
앉은 빈민들의 초막과 새로 지은 문화주택이 우선 환하
게 들어앉아 옛 모습을 찾을 길이 없는 바이나……

대학생 때의 내가 5년 남짓 그 밑에서 하숙 생활을 할 당
시의 낙산은 더했다. 모래흙을 둘러쓰고 누운 널따란 바위
투성이였다. 저녁 먹고 타고앉아 장안의 불빛을 바라보며
가난한 희망이나 불사르기 알맞았다.

따라서 어느덧 서울의 복판에 나앉게 된 북한, 도봉, 수
락, 관악의 저만한 푸르름이 몹시 다행스럽다. 산림녹화에
쏟은 정성과 이들 산의 자생력이 무조건 고맙다.

옛 선비의 유산이 풍광을 탐닉하고 시음詩吟으로 벅찼다
면, 요새 시민들의 등산은 정신적 거풍과 건강 도모의 일념
으로 가득 차 있다. 여력을 몰아 동서남북의 오지로 각개약
진을 꾀한다.

일률적으로 그렇다고 말하면 안 된다. '발품 팔아 삼천
리'를 완성시킨 김정호의 '대동여지도'는 얼마나 눈물겨운
가. 《동국여지승람》의 선현들이나 《택리지》의 이중환 또한
장하다.

이야기는 건너뛰지만, 도시적 메타포로 당대의 후줄근한

글동네 분위기를 일거에 왕창 흔든 이상은 일련의 '성천기행'을 통해 그의 문학 세계를 한층 넓혔다. 보성 · 경성고공 동기인 원용석元容奭 · 경제인의 〈교유기交遊期〉를 보면 이상이 자신의 근무지인 성천에서 한 20일을 같이 보냈다고 돼 있다. 불쑥 찾아와1935 · 9 · 27 말없이 떠났다고.

이상으로서는 성과가 컸다. 시골 체험이라고는 백천온천에서 금홍이를 보쌈하듯 달고 온 게 고작인 형편에, 〈권태〉로 대표되는 일품逸品을 턱 내놓았다. 숨을 거두기 직전에 먹은 과일이 레몬이냐 멜론이냐를 두고 문학평론가들이 별난 시비를 벌일 만큼 멋쟁이인 그가 글쎄, '아해'들의 대변 유희를 고품격의 문학으로 바꿔 빚은 것이다. 그게 없었더라면, 성천에 안 갔더라면 산문가 이상의 한 축이 허전하게 비었을지 모른다.

그러니까 글쟁이는, 특히 소설가는 엉덩이에 굳은살이 박이도록 진득하게 방을 지키다가도 수틀리면 바깥으로 나돌라는 따위 희떠운 소리를 하려는 게 아니다. 길을 나서면 슬며시 떠오르는 탈각의 느낌이 무엇보다 좋다. 집에 벗어 두고 온 허물을 객관화시켜 멀리 바라보는 계기로 다시없다. 돌아가면 또다시 걸칠 허물일지언정 그렇다.

안치운이 쓴 《그리움으로 걷는 옛길》에 이런 좋은 말이 있다.

여행은 나로부터 밖으로 나가는 것이 아니라, 이 땅의 무
수한 삶을 찾아 헤매는 절실함으로 내 안으로 들어가면
서 사색하는 행위일 터이다.

《걷기 예찬》김화영 옮김의 저자 다비드 르 브르통의 아래와 같
은 경지는 다시 어떤가.

걷는다는 것은 존재의 확인 과정이다…… 우리가 여행
을 하는 것이 아니라 여행이 우리를 만들고 해체한다.
여행이 우리를 창조한다.

힘은 부치고 노화한 다리를 그냥 놓아 먹일 수도 없어 오
래전부터 나는 자전거를 탄다. 그 이전에 '눈 덮인 소백 ·
노령 · 차령산맥들과 수많은 고개를 넘었다'는 김훈의 《자
전거 여행》을 대하고, 와 와 대단하구나 탄성을 질렀다. 최
근엔 홍은택의 《아메리카 자전거 여행》에 빠졌다. 80일 동
안 미국을 동서로 횡단한, 매번 로드 무비를 한 편씩 보는
것 같은 기록이 시종 진진하다.

내 자전거는 바구니를 떼어낸 부인용이다. 그래도 걷다가 달리는 맛이 색다르다. 정이월 다 가고 해토머리를 내닫는 기분이 괜찮다.

하다가 서울로도 뻗은 동네 앞 자전거 전용도로의 '과속 금지' 표지판을 보고 웃을 줄은 몰랐다. 이 나이에 과속이라니. 누구를 지목해서 하는 소리가 아니겠지만, 나는 굳이 믿고 싶다. 내 속력을 경계하는 말이라고. | 2007 |

선비는 죽일지언정……

| 1 |

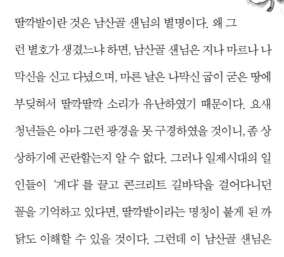

딸깍발이란 것은 남산골 샌님의 별명이다. 왜 그
런 별호가 생겼느냐 하면, 남산골 샌님은 지나 마르나 나
막신을 신고 다녔으며, 마른 날은 나막신 굽이 굳은 땅에
부딪혀서 딸깍딸깍 소리가 유난하였기 때문이다. 요새
청년들은 아마 그런 광경을 못 구경하였을 것이니, 좀 상
상하기에 곤란할는지 알 수 없다. 그러나 일제시대의 일
인들이 '게다'를 끌고 콘크리트 길바닥을 걸어다니던
꼴을 기억하고 있다면, 딸깍발이라는 명칭이 붙게 된 까
닭도 이해할 수 있을 것이다. 그런데 이 남산골 샌님은

마른 날 나막신 소리를 내는 것이 그다지 얘깃거리가 될
것도 없다. 그 소리와 아울러 그 모양이 퍽 초라하고 궁
상이 다닥다닥 달려 있는 것이 문제인 것이다.

일석 이희승 선생의 수필 〈딸깍발이〉 서두다.

소년 시절의 나도 통나무를 파서 만든 나막신을 얼마간
신어 보았다. 운동화는 물론 고무신마저 배급에 의존하던
일정 말기에 이따금 끌고 다녔다. 보통 신발과 달리 문수가
아예 없이 대인용 소인용으로 대충 갈라 저자에서 버젓이
팔았다. 앞뒤 굽이 높아 비 오는 날의 방수화로도 제법이었
으나 무게가 여간 아니어서 곧 발목이 시었다. 물먹은 다음
에는 더구나 천근만근이었다. 복사뼈나 발뒤꿈치 살갗이
금방 까지기 쉬웠다.

쓰리고 따가운 상처에 바르는 약으로는 '아카징키일명 빨간
약'가 제일이었거늘, 그것조차 보통 가정에서는 구하기 어
려웠다. 훨씬 나중에야 안 옥도정기沃度丁幾, 요오드팅크 따위
로 까다로운 약 이름만큼이나 귀했다.

그런 신발로 남산골을 나다닌 샌님들은 얼마나 발이 아팠
을까. 달음박질과는 어차피 담을 쌓고 지낸 이들의 느린 행
보에 도리어 제격이었을까.

그 길은 훗날의 '모던 뽀이'들이 "서울에 딴스홀을 허하라"면서 양화(洋靴) 소리 드높게 나부대던 길과 거기서 거기다. 사람의 길은 곧 역사의 길이라는 등속의 허드렛말을 떠나, 매 시대의 양극화를 그 길에서 싫건 좋건 견디고 누린 셈이다. 딸깍딸깍 끄는 나막신 소리가 더딘 수구 의지로 깐깐스러웠다면, 징 박은 단화가 포도를 스치면서 내는 소리는 개화 지향으로 가뿐했으리라 유추한다.

나의 스승이시고 결혼식 주례까지 서 주신 일석 선생은 한데, 샌님의 나막신 소리를 그냥 지나친다. 얘깃거리가 될 것도 없다면서 다닥다닥 달려 있는 궁상을 대신 문제 삼았다.

어떻게 구차했는지 조금만 더 인용하는 걸 눈감아 주기 바란다.

두 볼이 야윌 대로 야위어서 담배 모금이나 세차게 빨때에는 양 볼의 가죽이 입 안에서 서로 맞닿을 지경이다. 오똑 선 콧날에서는 사철 없이 말간 콧물이 방울방울 맺혀 떨어지고 (……) 이마는 대개 툭 소스라져 나오는 편보다 메뚜기 이마로 좀 편편하게 버스러진 것이 흔히 볼 수 있는 타입이다.

하지만 다시 보자. 꼬락서니나 차림차림이 여간 장관이 아닐망정 눈에는 영채가 돈다. 사랑채가 따로 있건 없건 방 하나를 차지한 채 의관을 정제하고 사서오경을 읽는다. 청렴결백을 생명으로 삼는 선비가 재물을 알면 안 된다는 '앙큼한 자존심'과 꼬장꼬장한 고지식함은 곧 그들의 생활신조였다.

목이 부러져도 굴하지 않는 기개, 사육신도 이 샌님의 부류요, 삼학사도 딸깍발이의 전형이라고 했다. 포은 선생과 민충정공이 그렇고, 임란 때 각지에서 봉기한 의병 '두목' 역시 모두 딸깍발이 기개의 구현이라고 선생은 썼다.

당신의 회고록 제목이 〈딸깍발이 선비의 일생〉이다. 후학들이 낸 추모문집의 표제 역시 〈일석 이희승 딸깍발이 선비〉였다. 그 말의 상징이나 전범으로 꼭 들어맞는 분이기 때문에 짧은 글의 긴 여운이 해학·반전의 묘미와 더불어 거듭 새롭다.

선비 운운의 발제가 이제는 많이 퇴색한 느낌을 줄지 모르겠다. 한물간 구시대 존재로 뜨악할 공산이 크다. 고전적 개념의 경직된 인품보다 분야별 각개약진의 전문 기능이 갈수록 중시되는 탓이다. 따라서 선비라는 말 자체가 이미 사어死語 축에 들어 입에 담기 쑥스럽다. 지극히 한가롭고 어

쩐지 느끼한 감정 없이 수용하기 힘든 말로 낙착된 혐의가
짙다.

광의의 지식인 지성인을 선비의 현대적 대체어로 보지
말란 법 없다. 양자의 구실과 성립에 대한 엄밀한 검증이야
어떻든 심정적 해석으로는 그러한데, 가다 보면 또 '죽지
않고 사라진' 선비와 불가불 만나기도 한다. 명분과 실리
의 갈림길이 삶의 요소요소에 깔려 선택을 요구하기 마련
이다.

> 지식인, 그들은 전혀 생산하지 않으며, 기껏 봉급에 의존
> 하여 먹고 산다. 그 때문에 지식인들은 정치사회에서는
> 물론 일상적인 생활 속에서도 자신을 지킬 수 있는 가능
> 성이 박탈돼 있는 것이다.
>
> _사르트르, 《지식인을 위한 변명》, 조영훈 옮김, 한마당

이런 지적을 군이 끌어들이지 않더라도 두 생각에는 본질
적으로 겹치는 부분이 없지 않을 테다. 이 땅의 선비 의식
은 하물며 도덕적 규범으로 끝내 독특하다.

그러니까 선비 정신을 되찾자는 투로 근엄을 떨려는 게 아
니다. 죽은 자식 나이 세기 같은 발상으로 다 늦게 그걸 떠

올렸다기보다는, 어떤 글쓰기를 위해 책을 뒤적이다가 만난 두 선비론에 흠뻑 빠졌다. 왜 있잖은가. 오래 잊고 지낸 문물이나 인물과 독서를 통해 조우하는 날의 흥건한 감상!

아 선비라는 말이 우리에겐 있었지, 돌이켰다. 요즈음은 입설에 잘 올리지 않는 말이 새삼스럽게 반가웠다. 변하고 또 변하는 것이 사람의 세상이되, 하늘 아래 새 것이 없다는 성서의 말씀을 사는 것도 사람의 세상이다.

두 선비론의 하나는 방금 소개한 '딸깍발이' 다. 다른 하나는 지금부터 얘기할 김구 선생이다.

| 2 |

1948년 3월 12일, 중앙청 제1회의실에서 장덕수 씨 암살 사건에 대한 미국군율軍律위원회의 제8회 공개 재판이 열렸다. 성조기가 걸린 공판정에 나온 백범 선생은 오전 오후에 걸쳐 종일토록 증인 심문을 받았다.

출두 전날인 11일, 백범은 짤막한 담화문을 발표한다.

내가 이번 미 군정법정에 출두하는 것은 나를 미국 대통령 트루먼 씨의 명의로 불렀으므로 국제 예의를 존중하기 위해 나가는 것이지, 내가 증인될 만한 사실이나 자료를 가지고 있기 때문에 나가는 것은 결코 아니다. 나 김구가 장덕수 사건에 관련이 있다는 것처럼 발표된 데 대해서는 나에게는 아무런 책임도 없다. 그것은 그렇게 발표한 그 사람의 모략이며 따라서 책임은 그쪽 사람들에게 있는 것이다.

백범은 사흘 후인 15일 두 번째로 출정하는데, 심문이 시작되자마자 검사^{미군 대위}에게 언성을 높였다.

"내가 여기에 나온 것은 국제 예의를 지키기 위해서인데, 애국자로 자인하는 나를 죄인같이 심문하므로 나는 이후로 대답을 못하겠소. 만일 나를 죄인으로 인정할 바에는 체포장을 내리시오!"

이런 요지로 주장을 편 끝에 나온 것이 '사가살 불가욕^{士可殺 不可辱}'이었다. '선비는 죽일지언정 욕을 보이지는 않는 법'이라는 뜻이다.

백범이 미군 법정에 섰던 일은 이런저런 기록으로 알고 있었으나 '사가살 불가욕'을 대하기는 홍승면^{洪承勉} 전 《동아일보》 논설주간의 에세이집 《프라하의 가을》^{과학과 인간사}에 실린 글이 처음이었다. 그것도 근자에야 읽었다.

홍 주간께서도 그 암살 사건에 대해 무엇을 말할 자료도 생각도 없고, 당시의 신문 보도로 안 '사가살 불가욕'만을 '오직 착잡하고 기막힌 심정'으로 회고했다.

출전出典을 알아보니 《예기禮記》의 〈유행儒行〉이라는 것을 찾아내어 원문의 일부를 밝혔다.

'유유가친이불가겁야 가근이불가박야 가살이불가욕야儒有 可親而不可劫也 可近而不可迫也 可殺而不可辱也'가 즉 그것이다. 선비는 친히 사귈지언정 위협해서는 안 되며, 가까이 할지언정 으르고 대들어서는 안 되며, 죽일지언정 욕을 보여서는 안 된다는 의미라고 했다.

유儒는 선비의 다른 말이고 행行은 선비의 품행 또는 행실인데, 세월이 흐르면서 다른 것들은 잊혀지고 '사가살 불가욕'만이 중국인들의 생활철학으로 살아남았다. 공부깨나 했다는 지식층 가운데에도 출전이 무엇이냐를 아는 사람은 많지 않았다. 반면에, 공부는 짧을망정 이 말을 모르는 중국인은 거의 없었다고 한다.

아무려면 어떤가. 나도 그 말이 앵긴 감동에 겨워 두껍디두꺼운 《예기》이상옥 역저. 명문당를 당장 구해 읽었다. 공자가 노나라 임금 애공哀公의 물음에 대답하는 형식으로 기술한 '유행'을 펼쳐 한 자 한 자 짚어 나갔다.

뤼신이 매도한 '썩어빠진 예교禮教와 죽은 언어'가《예기》류 서책을 지칭한 건지 어떤지는 분명찮다. 그 통에 초라한 내 중국 고전 서가에《예기》가 빠졌다는 말은 입이 부끄러워서도 못한다. 그러나 제목이 벌써 따분하여 외면했을 법은 한데, '사가살 불가욕'의 높은 경지가 뤼신의 그 같은 폄하를 마다 않고 기꺼이 다가가게 만든 폭이다.

하고 보면 독서에도 연때가 있는 모양이다. 연때가 잘 맞으면 책 속의 글자가 저절로 눈에 쏙쏙 들어와 신바람이 나거늘, 안 그런 날은 고역이다. 제자리를 뱅뱅 돌다 못해 행간의 미아가 되기 십상이다.

이번에는 달랐다. 독자를 압도하듯 방대한 기술 중에서 그 하나를 건진 우연한 계기가 반가웠다.

《예기》는 모두 합쳐 49편이다. 41번째로 나오는 〈유행〉의 중심 테마는 물론 '사가살 불가욕'이 아니다. 군주가 선비를 대하는 태도를 설명한 조목의 끄트머리에 불과하지만, 후세 사람들은 예禮의 이론과 실제에 대한 당위當爲의 반복에 어지간히 물려 앞뒤 글귀를 안중에 두지 않았나 보다. 만일 그렇다면 제 논에 물 대기 식으로 필요한 부분만을 따다 쓴 현실 대응의 지혜가 차라리 신통하다. 그게 문자의 변화무쌍한 운명이다. 대중적 삶의 리얼리티라고 해도 좋은……

이 말의 주체를 군주 아닌 '나'로 뒤집어 능동태能動態로 한들 어떠리. 무슨 일 앞에 당당한 자신의 심지를 내밀히 굳히고 마음의 앙양을 꾀하는 아포리즘으로 다시없지 싶다.

이불 밑 활개 같은 소리일 수도 있다. 대개 보면 그런 면이 없지 않다. 아깟번의 남산골 샌님 시대에도 겉으로는 양반의 위의威儀를 갖추고자 애쓰되 속으로는 벼슬 하나 얻는 것이 유일한 욕망이요, 영광이요, 사업이요, 목적인 선비가 있었다. 일석 선생의 지적이다.

수절 과부를 성희롱하다 혼쭐난 '북곽北郭 선생'의 얘기도 있다. 똥통에 빠졌다가 호랑이의 일장 훈시를 듣고 재차 줄행랑을 친 박연암의 소설이 어찌 소설에만 그치겠는가. 물론 그렇지 않은 사람이 더 많을 것이다. 출사出仕와 은둔에 대한 각자의 소신이나 객관적 준거를 포함한 선비의 유형도 좌우간에 가지가지다.

한 유명 대학의 정치학과 교수가 예전에 작고했을 적에는 현실 정치에 가담하지 않고 홀로 강단을 지켰대서 신문의 화젯거리가 되었다. 5·16이 한참 지난 후 일이다. 동료 교수들이 번차례로 참여 정치의 깃발을 들고 들락날락, 권부를 돕고 교편도 잡는 염치를 무릅쓰는 동안, 그 양반은 내내 학교에만 있었던 것이다. 당연하다면 당연하고 슬프다면 슬픈 후일담이다. 국가재건회의 산하 국가기획위원회의 정치 · 경제 · 사회 · 문화 · 법률 · 기획 등 5개 분과에 참여한 인사가 그때 벌써 470여 명이었다면 알조 아닌가. 이상우,《박정권 18년》, 동아일보사

| 3 |

아 다르고 어 다른 말의 값은 누가 그 말을 했느냐에 따라 천근의 무게로 다가오기도 하고 검불마냥 허공에 흩어지기도 한다. 백범의 '사가살 불가욕'이 바로 그렇다. 철부지 시절, 그러니까 선생이 '혼이 돌아왔는지 육체까지 돌아왔는지 모르겠다'고 했던 환국 제일성 때부터 어린 마음을 흔든 분이기 때문에 더욱 감명 깊었다.

또 있다. 미구에 겪은 국민장이 거듭 떠올랐다. '거성巨星이 떨어졌다'는 표현이 오히려 미진할 정도로 비통한 장례식장 경험이 다시 절절하다.

돌아가신 지 열흘째인 1949년 7월 5일 오후 2시, 동대문 '성동원두서울운동장'에서 벌어진 장례 중계방송에 맞추어 전주에서도 국민장이 거행되었다. 누가 시키지도 않았는데 시내 상점들은 일제히 철시했다. 나는 또래들과 함께 어른들

뒤를 서성거리며, 전무후무한 슬픔의 도가니를 구경 반 감격 반의 심정으로 지켰다. '쉰밥에 썩은 김치를 먹고 고생하던 중경重慶 시절'을 회고하는 어떤 이의 조사와 함께 장내가 울음바다로 변하던 순간을 잊을 수 없다. 조소앙趙素昻 전 임시정부 국무위원의 목소리였다는 것을 나중에 알았다.

세월이 훨씬 지난 뒤에는 다시 김기림 · 박종화 · 노천명 · 박두진 시인이 쓴 추도시를 책으로 읽었다. 그날 식장에서 서울시내 학생연합합창단이 부른 추도가도 뒤늦게 알았는데, 여기에 모처럼 옮겼으면 한다. 그때는 나도 뭐가 뭔지 몰랐던 이은상 작사 김성태 작곡 조가가 하도 좋아 요즈음도 가끔 구음하는 편이다. 기분이 울적하면 당시의 사정과는 전혀 무관한 마음으로 낮게 낮게 부른다.

   1. 어허 여기 발 구르며 우는 소리

     지금 저기 아우성치며 우는 소리

     하늘도 땅도 울고 바다조차 우는 소리

     끝없이 우는 소리 임이여 듣습니까

     임이여 듣습니까

   2. 이 겨레 나갈 길이 어지럽고 아득해도

임이 계시오매 든든한 양 믿었더니

두 조각 갈라진 땅 이대로 버리고서

천고에 한을 품고 어디로 가십니까

어디로 가십니까

3. 떠도신 칠십 년이 비바람도 세웁더니

돌아와 마지막에 광풍으로 지시다니

열매를 맺으려고 지는 꽃 어이리까

뿜으신 피의 값이 헛되지 않으리까

헛되지 않으리까

4. 삼천만 울음소리 임의 몸 메고 가오

평안히 가옵소서 돌아가 쉬옵소서

뼈저린 아픈 설움 가슴에 부드안고

끼치신 임의 뜻을 우리 손으로 이루리라

우리 손으로 이루리라

　　그때 해양대학 졸업반이었던 리영희李泳禧 선생도 군산시의 추모식 군중에 섞여 이 노래를 부르며 통곡했다고 한다. 《역정》, 창작과비평사 그리고 2년 후에 낸 책 《자유인 자유인》범우사에 '그리운 김구 선생'이라는 긴 글을 쓴다.

말과 글을 통한 백범 선생의 국민에 대한 사랑은 공연한 수식 없이 담박하다. 장개석 총통이 환국 선물로 준 외투를 한겨울 길가에서 떠는 동포에게 서슴없이 벗어줄 만큼 간절하다. 또한 계도적이고 인문적이다. '나의 소원은 첫째도 둘째도 셋째도 완전 독립'이라든가, '내가 오직 가지고 싶은 것은 높은 문화의 힘이다'라는 문장의 강한 호소력이 정치 외적인 교양과 무관하지 않다고 믿는다. 둘째 아드님 김신 장군과의 인터뷰 때 내 눈으로 직접 본 《백범일지》 원본에서 그런 느낌을 재확인했다면 억측이 지나치다 하랴. 임시정부 국문원 용지에 쓴 국한문 혼용 글씨체가 단정하고 명쾌했다. 깨알 같은 글자들이 띄어쓰기와는 상관없이 촘촘히 박혀 있었다.

춘원이 그걸 국문으로 옮기고 철자법도 고쳤다는 설이 맞느냐는 질문에 김 장군은 이렇게 대답했다.

"춘원은 자신이 그 일을 하겠다고 했답니다. 아버님은 그의 행실 때문에 망설였는데, 누군가 글솜씨도 있는 사람이고 속죄하는 기분으로 맡겠다니 시켜보라고 했대요. 그가 윤문潤文을 한 건 사실이나 아버님이 그걸 알고 맡기셨는지는 의문입니다."

아무려나 선생이 지닌 선비의 풍모는 다른 어떤 정치 지
도자보다 앞선다. 그래서 심문을 받다 말고 외친 '사가살
불가욕'이 한층 절실하게 들린다. 말한 바를 꼭 지키고 몸
가짐에 흐트러짐이 없도록 자신을 꾸짖으며 산 평생이기
때문에 그 울림이 마침내 의젓하다.

> 눈 덮인 들판을 걸어갈 때 발걸음 하나라도 어지럽히지
> 말라. 오늘 내가 가는 이 길은 뒷사람의 이정표가 될 것
> 이므로 踏雪野中去 不須胡亂行 今日我行跡 遂作後人程

선생이 어려운 결단을 내릴 때마다 되새겼다는 서산대사
의 이 선시禪詩로도 짐작할 수 있다. 선생의 휘호 작품으로
더욱 유명한데 복사한 족자가 다시 널리 퍼졌다. 나도 지금
사는 곳으로 이사 오기 전까지는 머리맡에 십수 년을 걸어
놓고 지냈다.

아득하고 높은 세계를 언감생심 꿈조차 꾸지 않았다. 글
동네를 어정거리며 벤치마킹한다고 하다가, 야구로 치면
벤치 워머 처지에서 뒷전이나 보는 자의 눈어림으로 그냥
걸어 두었다. 글귀가 마음에 들어 어떤 때는 유심히, 어떤
때는 본 둥 만 둥 대했을 뿐이다.

적어 놓고 보니 철이 지나도 한참 지난 이야기를 두서없이 나열한 듯하다. '선비' 두 글자에 넘나드는 내 생각들이 어쩌면 부질없고 버겁다. 하지만 어느 세월 어느 지경을 살건, 지금보다는 훨씬 치열하게 삶을 살고 살아낼 수밖에 없었던 것이 선비다. 그런 윗대들을 그리고 싶었다. 그분들의 흔적이나마 접한 세대로서 말이다.

안 그런가. 다양하다면 다양하고 종합선물세트 같다면 종합선물세트 같은 오늘의 지식인상에 비하면 외곬 안목이 때로 갑갑하다. 허나 그게 무슨 일을 내어도 내는, 아니거든 굽은 세상의 고갱이로 작용하는 장면을 적잖이 목격했다. 왕정시대에는 때문에 죽을 사자 사약死藥을 줄 사자 사약賜藥으로 종용從容히 받아 마시는 강단으로도 나타났다.

여담이지만, 거기다 대면 일본 무사들의 '하라키리切腹'는 겉치레만 요란하다. 당자가 앞에 놓인 작은 상 위의 소도小刀로 배를 가른달지 손을 내미는 순간, '가이샤쿠닝介錯人'이 뒤에서 목을 치는 것으로 끝난다. 전국시대라면 모를까 도쿠가와 말기엔 대강 그랬는데, 미시마 유키오의 자결 또한 마찬가지다. 작가 마루야마 겐지는 저녁 뉴스로 이 사건의 전말을 들으면서, '집주인이 집세를 올려 달라고 하면 어쩌나' 노심초사했다고 한다.마루야마 겐지,《소설가의 각오》, 김난주 옮김, 문학동네

허튼소리 그만하자. 어떻든 '너희가 선비를 아느냐' 는 투로 받아들일까 저어한다. 그렇게 경박하지도 무겁지도 않은 어중간한 처지에서 요즈막에 떠오른 생각을 주워섬겼을 따름이다. | 2006 |

쑥 캐는 남자

오래 머물든가 크게 행세할 것도 아니면서 봄은 늘 요란하게 납신다. 삼동三冬을 일거에 녹이기 어려운 데다 인간이 불러들인 지구 온난화 탓이 적잖겠으나 날씨가 해마다 유난스럽다. 따뜻한 겨울만 믿고 웃자란 보리 싹의 천진을 비웃듯, 세찬 눈과 한파를 번갈아 뿌렸다. 뭔 놈의 황사까지 너무 일찍 건너와 화신북상花信北上 속도에 제동을 걸었다.

하지만 꽃샘바람이 개화開花를 투기한다고 토실토실 맺은 꽃망울이 도로 움츠러들 리 있나. 산에서 들에서 마당 넓은 집에서 차례를 기다리다가, 드디어 툭툭 터지기 시작했다.

봄을 타거나 입 짧은 사람은 이 무렵부터 상큼한 봄나물

을 찾기 마련이다. 잃어버린 입맛을 되찾고 춘곤을 달래기
위해.

그냥 넘어가면 어때서 기어코 지난날을 되짚는다는 핀잔
을 먹어 싸겠지만 예전엔 입 따로 마음 따로 놀았다. 글자
하나 다른 춘궁과 맞물렸기 때문이다.

온 산야를 회색으로 뒤덮었던 겨울이 물러가자마자 손톱
끝에 풀물이 들도록 나물을 캐던 처녀들이 먼저 정체불명
의 신열을 앓았다. 싱숭생숭 가슴에 슬픔 같은 희망이 고이
는 시절이었다.

마을 처자들만 나물 바구니를 들고 나섰을까. 새색시도
할머니도 들로 산으로 흩어졌다. 남자는 어림없고 여자들
만 나섰다.

그런데 엊그제는 동네에서 가까운 탄천변을 어정거리다
가 쑥 캐는 중년 남자를 보았다. 타고 온 자전거를 한옆에
세워 놓고 주머니칼로 싹둑싹둑 자른 쑥을 비닐봉지에 담
고 있었다.

들릴 둥 말 둥 작은 소리로 노래까지 흥얼거리는 모양이
퍽 자연스러웠는데, 실상 처음 대하는 풍경이 아니다. 봄철
이면 더러더러 눈에 띄었다. 부인네는 말할 나위 없다. 훨
씬 많다.

　나물보다는 향수를 캐는 사람들이지 싶다. 몸은 비록 시
멘트 군락을 벗어나지 못할망정 마음은 때때로 고향을 떠
돌아 행장을 차리고 나섰을 게다. 보드랍게 씹히는 맛과 쌉
싸래한 향기가 입 안에 가득 퍼지는 쑥국이 그리워 식구들
에게도 보시하듯 끓여 주고 싶었을 것이다. 마늘과 함께 단
군할아버지를 탄생시킨 웅녀 신화는 둘째로 치고라도.

　이 풍진 세상에 무엇이 가장 보수적이니 어쩌니 해도 혀
처럼 정확하고 고집불통인 감각 기능도 드물다. 저장 검색

에 뛰어난 머리가 챙기지 못하는 맛을 세 치 혀는 귀신처럼 단박 알아낸다. 그러라고 달린 것 아니냐 반문하면 할 말이 없되, 어떨 적에는 대여섯 살 때 입맛까지 기억하는 신통력이 정말 무섭다.

우리나라 봄나물은 그나저나 얼마나 될까. 《맛있는 산나물 100선》윤국병·장중근 공저으로 미루어 애초에 가짓수를 헤아리기 어렵다. 들이나 밭에서 나는 나물과 푸성귀가 그만 못하지 않을 것이기 때문이다. 이 책 저자도 그래서 독자를 안심시켰나 보다. 열 가지가량만 알아도 된다고 했으니까.

'며느리밑씻개'를 데쳐 먹는달지, '뱀딸기' 순을 녹즙으로 해서 마시는 법 등은 아닌 게 아니라 낯설다.

이건 좀 다른 얘기지만 이 바닥에서는 언제부터인가 음식물의 영양가나 효능을 정력 위주로 품평하는 버릇이 생겼다. 아니면 말고식 입담으로 바다와 육지의 웬만한 산물에 정력제 도장을 찍는다. 번번이 남자 '거시기'에 좋다는 투로 엄지손가락을 꼽아 강성 마초의 기를 돋우려 든다.

다른 한편에서는 또 '섹시' 소리 드높다. 섹시하지 않으면 미녀 축에 끼지 못하는 양, 자천 타천 야단들이다.

관음증에 들린 듯 부끄럼을 타지 않는 사회 분위기와도 관련이 있으리라. 사흘이 멀다 하고 성범죄가 판을 친다.

보리누름 전후에 쑥꾹새가 울 때쯤이면 쑥떡 같은 쑥은 말린 제 몸을 다시 태워 사람들의 모기를 쫓을 터이다.

한창훈 소설가가 신문을 통해 전한 거문도 소식에 따르면, 쑥 재배가 섬 노인네들의 유일한 벌이 수단으로 바뀌었다고 한다. 한 관에 팔천 원. 구황救荒식물의 으뜸인 쑥의 반만년 역사가 고맙다.

다산 선생의 시 〈채호采蒿 3장〉 가운데 몇 줄도 그만한 사정을 짚었다.

캐어도 캐어도 허기진 이 쑥을 뜯고/ 뽑고 가리고 다듬으니/ 바구니 광주리에 반쯤 차네/ 돌아가 이것으로 쑥죽을 쑤면/ 죽인 양 밥인 양 끼니가 되네

| 2007 |

노래는 흘러가는 것이 아니네

초연이 쓸고 간 깊은 계곡 깊은 계곡 양지녘에
/ 비바람 긴 세월로 이름 모를 이름 모를 비목
이여/ 먼 고향 초동친구 두고 온 하늘가/ 그리워
마디마디 이끼 되어 맺혔네

1967년에 나온 한명희 작사 장일남 작곡 〈비목〉의 1절이
다. 차분한 노랫말에 침통한 가락이 끝내 절절하다. 양지
바른 옛 전장의 삭은 나무토막에 무명 용사의 죽음을 기리
는 후일담의 레퀴엠인가. 격정을 고즈넉이 가라앉힌 만큼
노래의 속이 깊어 보인다.

최근에 세상을 뜬 작곡가 장일남 선생은 나와 이름이 같

은 데다 드나들던 목로집마저 똑같아 '두 일남이'의 기연奇緣을 한때 누렸다. 동갑인 줄은 몰랐다. 만날 적마다 눈웃음으로 인사를 대신했던 시절을 회상하며 부음 기사를 읽다가 알았다. 말수가 적은 온화한 인품이었다. 일상적으로 신문 부고란을 챙기는 아침 시간이 그날은 한참 길어질밖에 없었다.

나는 음정과 박자를 분간하지 못할 지경으로 음악엔 젬병이다. 가사 좋고 곡 좋은 〈비목〉도 귀로만 익혀 대중없이 건성건성 흥얼거리는 수준이다. 내용이나 운율이 슬프고 아름다운데, 지난날의 우리 노래는 그런 정조情操로 일관한 것이 대부분이다.

하지만 축 처진 비감이나 애고대고 탄식과는 다르다. 바닥을 치고 되오르는 고차원의 경지라고 뻥을 떨어도 무방한 자위와 발분의 복합 감정이다. 이를테면 생각한다. 지난번 독일 월드컵 때, 하노버 아베데 아레나 경기장에서 울려 퍼진 〈아리랑〉을 기억한다.

G조 마지막 시합에서 태극전사가 스위스팀에 지자마자 '붉은 악마'들이 당장 〈아리랑〉을 불렀다. 주심이 선심의 오프사이드 지적을 무시하고 경기를 끝낸 뒤라서 대합창을 듣는 기분이 좀 야릇할 수도 있었을까. 노래 내용이 내용인

지라 그 뜻이 마침 절묘하다고 누구는 빙긋이 웃었을지 모르겠으나 그건 우리끼리만 통하는 감정 처리로 옹색하다. 뿐더러, 웬만한 A매치에서 이겼을 경우에도 등장하는 응원가의 하나로 정착된 지 오래다. 이기면 축가요 지면 격려가 구실로 제격인 것이다. 특히 패배의 고통을 달래고 어루만지는 솜씨가 여간 아니다. '하노버의 아리랑'이 그만한 내력을 적절히 보여 주었다. 잊을 건 잊고 앞날을 기약하자는 대단원의 함성으로 나는 들었다.

슬퍼도 아리랑 기뻐도 아리랑인 셈이다. 시대의 빛과 그늘을 반사하는 과정에서 굴신屈伸의 여유를 터득했다고 볼 수 있다. 민족 정서를 대표하는 노래 이상으로 문학 예술이나 여러 고장의 민요로 형식과 모양을 바꿔 가면서 새로운 경지를 텄다.

나운규의 〈아리랑〉 영화가 일제 치하 민중의 울분을 영상으로 표현했다면, 김산의 《아리랑》은 투쟁과 고난에 찬 짧은 일생의 표상이다. 그는 자신의 구술과 자료를 토대로 책을 지은 님 웨일스에게 일렀다. '아리랑은 이 나라 비극의 상징이다. 죽음의 노래이지 삶의 노래는 아니다. 그러나 죽음은 패배하지 않는다. 수많은 죽음 속에서 승리가 태어날 수도 있다'고.

세월을 훌쩍 건너뛴 1994년에는 조정래의 대하소설《아리랑》이 나왔다. 20세기 초에서 식민지 시절을 거치는 동안의 수난사를 장대하게 그렸다.

재일 작가 김달수의 자서전《나의 아리랑 노래》는, 차별과 가난을 견디며 소설가로 입신하기까지의 고단한 한살이를 '아리랑'에 빗대어 쓴 예다. 〈박달의 재판〉중편, 《태백산맥》장편 등 작품 외에《일본 속의 조선문화》같은 저술을 남기고 1997년에 작고했는데, '아리랑'으로 자신의 타향살이를 압축했다.

어찌 '아리랑'만이겠는가. 유난했던 현대사의 고비를 타고 넘든가 굽이돌 때마다 겪은 삶을 직설과 은유로 반영한 노래가 부지기수다. 일일이 열거하기 힘들다.

이러나저러나 노래처럼 강한 위로가 어디 있담. 가난한 영혼을 쓰다듬어 힘을 돋우는 묘수를 곧잘 부린다. 사람들은 그걸 믿고, 역전의 명수나 다름없는 〈아리랑〉을 닮은 듯 그때그때의 슬픔에만 잠기지 않았다. 〈비목〉이 또 그렇잖은가. 모진 세월을 지나 우러르는 먼 하늘에, 되찾은 평화를 알싸하게 새겼다.

내 또래 세대는 더구나 별별 가락을 귀와 입에 담고 살았다. 일률적으로 말할 일이 못 된다. 워낙 개인차가 심하기 때문이다. 그야 어떻든 고생대 신생대를 거치듯이 차례차례 접한 노래가 국적에 관계없이 말도 못하게 많다.

옳게 철이 들기도 전에 나는 일본 창가와 군가를 멋모르고 배웠다. 소년의 노란 입에는 아직 구슬픈 '엔카演歌'와 우리 유행가에 오히려 혹하고, 〈반달〉 같은 동요는 광복 후에야 얼씨구나 부르게 되었다. 뒤이어 서정성에 넘치는 가곡에 눈물 찔끔 머금고, 어영부영 다가간 재즈·팝송·샹송에서 서양 냄새를 맡았다. 삼십 줄에 벌써 고달팠던 생활의 말미를 흥건한 판소리로 때우고, 미구에 들이닥친 비참한 시절을 민중가요, '노가바'로 호도했다.

한두 소절이나마 읊조릴 줄 아는 것까지 들먹여 목록을 늘려 잡으면 그럴 따름, 반듯하게 꿰는 것이 없는데, 이것도 조금 저것도 찔끔 맛본 레퍼토리의 총량이 아무튼 솔찮다. 그것들을 이따금 불러내어 파한破閑거리로 삼는다. 그 맛이 괜찮거니와 요것들이 냉큼 대령하지 않아 골치다. 부정확한 창명唱名 탓이 크다. 출석부가 애초에 없으니까.

다른 자리에서 한번 써먹어 재인용이 쑥스럽지만, 《나이들수록 왜 시간은 빨리 흐르는가》다우베 드라이스마 지음, 김승옥 옮김라는 책에, 사람의 기억을 '마음 내키는 곳에 드러눕는 개'에 비유한 대목이 있다. 한데 내 뇌리에 저장된 노래 제목이나 내용이 꼭 그 짝이다. 기를 쓰고 찾을 때는 어디에 누워 무얼 하는지 얼씬거리지 않다가, 저 좋으면 시도 때도 없이 불쑥 나타나 함께 놀자고 꼬리를 친다.

아무려나 싫지 않다. 창가에 유행가, 유행가 다음에 판소리, 판소리 접고 가곡, 가곡 내치고 팝송, 팝송 접고 샹송…… 식으로 잡탕조 가창 시간을 혼자 희롱하다가, 기껏 깐 멍석을 도로 두르르 말들 상관없다. 잊어버린 일어 가사에 우리말을 접붙이고, 스코틀랜드 민요 〈밀밭에서〉로 잔뜩 분위기를 잡다가 갑자기 〈오 쏠레 미오〉를 내질러 스스로 판을 깬들 누가 뭐랄까.

게다가 날이면 날마다 여는 동강난 음악회가 아니다. 〈오 쏠레 미오〉를 외친다고 변성기 소년의 쩍쩍 갈라진 목청을 상상할 것 없다. 골방에 앉아 개미 기어가는 소리로 외치면 그만이다.

큰맘 먹고 오디오 기기를 갖춰 음반을 튼 적이 있다. 소싯적부터 재미를 본 유성기 추억의 확대 개량을 꿈꾼 것이다. 유성기로 다나카 기누요^{일본 여배우} 주연의 〈요이마치구사〉^{달맞이꽃 주제가}랄지, 차홍련의 〈아주까리 선창〉^{아주까리 선창 위에 해가 저물어}…… 등을 들었다. 신불출의 만담과 함께.

애써 장만한 오디오 세트는 머잖아 치웠다. 스피커를 비롯한 부속물의 잦은 업그레이드 비용이 부담스러웠다. 잡아야 할 감상용 폼이 성가시고 격에도 어울리지 않는다고 생각했다.

단순하고 간편한 축소지향형 카세트라디오로 다시 개비했다. 작정하고 바꿨다기보다는 라디오를 팔러 온 중년 사내의 갑작스런 독창 때문이었다. 녹음 성능이 얼마나 깨끗한지 시범을 보이겠다고 나선 그는 말릴 사이도 없이 빈 테이프를 끼우고 냅다 고성방가를 시작했다. 먼저 '아 아, 마이크 시험 중' 소리를 했든가 안 했든가. 제 맘대로 '연분홍 치마가 봄바람에 휘날리더라. 오늘도……'를 걸쭉하게 뽑고 재생 버튼을 탁 눌렀다. 육성의 기름기를 뺀 전자기기 특유의 농간에 힘입어 음색이 한결 매끄러울밖에. 그의 수고가 미안하여 도리 없이 들여놓았다.

하지만 정성껏 녹음하고 노래 테이프를 사다 틀 일이 뭐 그리 많으랴. 더러더러 쓰다가 누구에겐가 시집보냈다. 훨씬 발달한 CD 역시 비슷한 이유로 일상에 별무신통이다.

하여 맨입으로 논다. 해가 갈수록 단순한 것에 끌리는 자의 이상한 청승으로 치부하면 곤란하다. 사회적으로는 가뭇없이 사라진 노래라 하더라도 내 노래의 역사 속에 기어이 살아남아 주인의 감정을 요사바사 간질이거나 위무하는 것들 가운데에는, 생김새가 멀쩡한 놈도 썼다. 그것으로 그치지 않는다. 노래에 껴묻은 인물이라든가 당대의 상황을 줌 인 수법으로 확 다가가게 만든다. 그토록 맹랑한 것이 노래다. 엊그제 생긴 일보다 예닐곱 무렵에 부른 노래가 더더욱 생생하지 말란 법 없다. 거꾸로 가는 기억력의 방정에 노년은 못 이기는 척 뇌동부화를 마음먹는다.

굳이 비교하자면 가사에 치중하는 편이다. 악보에 도통무식한 까닭이지만, 지금껏 경험한 바로는 크게 책잡힐 것이 없다고 여긴다. 곡은 좋은데 노랫말이 처진다든가, 노랫말은 훌륭한데 곡이 영 안 됐다는 사례가 있기야 있겠으나매우 드물다. 수명이 긴 노래는 대개 함께 가기 마련이다. 어느 한쪽이 빠지거나 이지러진 데가 없다.

'내가 즐겨 부르는 한국 노래는 거의 가사가 3절을 넘지 않는다. 대부분 2절에서 끝나고, 그나마 1절과 똑같은 후렴이 되풀이되는 경우가 많다. 내용 또한 비슷비슷한 게 많아서 사랑, 눈물, 이별, 슬픔 같은 중요한 단어만 적절히 배치하면 노래 몇십 곡쯤은 간단히 외울 수 있다.'

서울에서 26년을 산 일본인 이케하라 마모루전직 기자의 책

《맞아죽을 각오를 하고 쓴 한국, 한국인 비판》1999에 나오는 지
적이다. 일본 노래는 3절이 기본이고 후렴이 없으며, 같은
사랑을 노래해도 표현이 아주 풍부하고 아기자기하다는 말
까지 덧붙였다.

　그다지 신선한 비판이 못 된다. 가벼운 투정으로 들어 넘
기면 그만이되, 우리 대중가요의 노랫말이 옛날만 못한 느
낌은 든다.

　시세 탓이겠지만 이재호가 〈번지 없는 주막〉에서 묘사한
'능수버들 태질하는 창살'이라든가, '귀밑머리 쓰다듬어
맹세는 길어도' 같은 정서가 드물다. 작사가 조명암의 〈어
머님 전 상서〉는 옛날식 편지틀 그대로다.

　'어머님 어머님/ 기체후 일향만강氣體候一向萬康하옵나이까/
복모구구 무임하성지지伏慕區區無任下誠至之로소이다…….'

　가요 중에 제일 한문이 많다. 그러니까 좋다는 게 아니다.
모더니즘 계열의 시인1934년 동아일보 신춘문예 시 당선으로 출발한 그
의 작사 능력을 평가할 따름이다. 질과 양에서 단연 독보적
이었다.

　가수 백년설 또한 문학청년 시절을 겪어, 남이 써 준 가사
가 마음에 차지 않으면 서슴없이 고쳤다.

　1940년 겨울, '독서회' 사건으로 경기도 경찰국에 불려갔

다 나온 새벽의 광화문에서, 외투깃을 여미며 담뱃갑 뒷면에 적은 〈나그네 설움〉 3절이 곧 그거다황문평《가요 60년》. 함께 호출당했던 작사가 조경환설도 있다. 그의 해방 후 필명은 고려성인데, 담뱃갑에 그림을 그린 이중섭에 앞선 폭이라고 해야 할지 어떨지. 하여간 끝 절이 되게 섧다.

> 낯익은 거리다만은 이국보다 차워라/ 가야 할 지평선엔 태양도 없어/ 새벽별 찬서리가 뼛골에 스미는데/ 어데로 흘러가랴 흘러갈쏘냐.

어른 아이 할 것 없이 애창하는 이름난 가곡과 동요는 노랫말 자체가 독립된 시이기 때문에 더 말할 나위 없다. 그 중에 좀 많은 것이 이은상 시조다. 내 생전에 처음 북한을 갔다가 요행히 성불사에도 들렀지만, 노산이 읊은 명찰의 감회가 전혀 새롭지 않았다. '주승은 잠이 들고 객이 홀로' 풍경 소리를 들을 만한 여정이 아니었던 까닭이리라.

이원수는 열다섯 나이에 〈고향의 봄〉을 썼거늘, 고향인 마산을 찾을 때마다 '이원수는 죽어도 〈고향의 봄〉은 남을 것 아니냐'는 찬사가 한편 섭섭했다고 한다. 그게 자기 문학의 대표작처럼 여겨지는 것이 못마땅했기 때문이다. 하

지만 조그만 동요가 자신의 창작 세계에 끼친 영향을 생각
하며 고향 사람들과 함께 넉넉한 마음으로 그 노래를 합창
했다. 이원수 창작집《시가 있는 산책길》, 1969

〈고향의 봄〉은 남북이 만나는 자리에서도 한동안 예사로
불렸다. 1981년에 세상을 뜬 그는 지금 어떤 마음일까.

북에서 어렵게 살다 간 박태원은 일찍이 〈나의 사랑 클레
멘타인〉을 우리말로 옮기더니, 해방 공간 벽두엔 '어둡고
괴로워라'로 시작되는 독립행진곡을 들고 나왔다.

최남선은 경부선 철도 개통과 함께 〈경부철도가〉1908년를
지었다. 신시조 형식으로 32절까지 나가되, 장장 66절에
달하는 일본의 오와다 다데키 작사, 오노 우메와카 작곡

〈철도창가〉를 본떴다. 곡은 그들 것을 빌렸다. 개화기의 〈학도가〉가 그랬듯이.

간절한 그리움이나 절실한 동경이 무망한 나이를 퇴색한 가사의 시큼한 잔정으로 메우기 위해 노랫말에 더 쏠리는 가. 무엇에 대한 사무침이 도대체 없어 아니라고도 못하겠는데, 어떤 때는 또 어느 가수 어느 절창의 외마디 곡조가 열 배 백 배 낫다. 내 마음 내가 모를 노릇이다.

두서없이 주워섬길까 보다.

요절한 김현식의 '사랑했어요오!' 소리를 떠올리면 마음이 멍멍해진다. 결코 처량하지 않은 부르짖음이 순정의 원체험을 상기시킨다. 끊어질 듯 끊어질 듯 이어지는 배호의 쉰 소리는 어떻고. 안개 끼는 걸 별로 못 본 장충단에, 꽉 찬 서른 살로 환상의 안개를 뿜고 갔다.

안치환의 〈솔아 솔아 푸르른 솔아〉는 비탄도 격조 높게 정화시킨다. 그 가수의 그 노래로 딱이다. 소리꾼 장사익의 목청에 걸리면 〈비 내리는 고모령〉도, 〈대전 블루스〉도 〈봄비〉도 장사익스러워진다. 1949년생이면 환갑이 내일모레겠는데, 가슴 시리면서 해맑은 음색으로 청중의 신명을 돋운다.

냇 킹 콜의 〈투 영〉과 패티 페이지의 〈아이 웬트 투 유어 웨딩〉〈체인징 파트너〉 등으로 물꼬를 튼 팝 뮤직은 내 분수를 넘어 주절댈 것이 따로 없다. 다만 기억한다. 칼립소 Calypso의 하나인 해리 벨러폰티의 〈바나나보트 송〉을 두고 두고 잊지 못한다. '데-이오, 데에에이오 데일라잇 컴 앤 미 워나 고 홈' 할 때의 사람 죽이는 목소리라니. 〈마틸다〉〈하바 나길라〉〈쿠쿠루쿠〉와 더불어 기막히다. 그의 조국 자메이카의 노동요다. 만년에 들어 인권 운동에 열심이다. 〈도나도나〉의 조앤 바에즈도 그렇고, 하는 짓마다 이쁘다.

어쩌다가 60년대 중반에는 파리의 샹소니에^{샹송극장}를, 80년 초에는 루이 암스트롱의 출신지이자 재즈의 본향인 뉴올리언스의 재즈 연주를 구경했다. 자초지종을 길게 늘어놓을 겨를이 없지만, 샹송은 그때 벌써 파장의 느낌이 짙었다. 저마다 개방형 소극장을 차려 놓고, 5인조 내지 7인조 밴드로 명맥을 유지하는 재즈 연주 또한 시세가 없었다. 단원들이래야 쿠바 기록영화 〈부에나비스타 소셜클럽〉의 경우처럼 폭삭 늙은이들뿐이었다. 우리나라의 '원조' 다툼을 연상시키는 'Jazz Preserved Here' 간판이 그리도 우스웠다. 어떤 재즈집에나 붙어 있었다.

긴 세월 오만 노래를 끼고 살았다. 알면 아는 대로 모르면 모르는 대로 부르고 듣다가, 이제는 외국 것을 수입하는 데에 그치지 않고 '한류'를 수출하는 단계를 기분 좋게 바라본다.

음악 소비의 패턴 또한 급변하고 있다. MP3로 대표되는 청소년들의 '홀로아리랑' 투 개별 접촉은 종전의 동시다발적 유행을 뒤바꿀 추세다. 노래 이미지를 슬픔과 기쁨으로 양극화하는 의식이 아예 없다. 열심히 듣기는커녕 눈과 손과 발을 따로 놀리면서도 없으면 허전하다고 했다. 랩도 그렇고, 나로서는 도저히 못 따라갈 세계에 그들은 멀리 가 있다.

책에서 얻어들은, 노래에 얽힌 몇몇 옛이야기 생각이 난다.

앞에서 소개한 김달수는 해방 후인 1948년 어느 날, 다른 두 교포 문학인과 함께 도쿄 근교의 고마향高麗鄉에 갔다가 같은 마을에 은거하던 장혁주노구치 미노루의 집으로 몰려갔다. 술을 마시고 떠들던 끝에 한국 민요와 유행가로 흥을 돋웠다. 동행한 허남기는 〈목포의 눈물〉을 불렀다. 그러자 장혁주의 일본인 부인이 갑자기 남편 어깨에 얼굴을 묻고 울음을 터뜨렸다. 장혁주도 따라 울었다김충식 지음 《슬픈 열도-영원한 이방인 사백 년의 기록》, 2006.

이번에는 김소운이 1952년에 쓴 수필 〈푸른 하늘 은하수〉

의 한 부분이다. 젊은 시인인 J군이 또래들과 회식하던 자리에서 귀에 담은 일화를 옮긴 것이다.

반민법 파동으로 세상이 시끄러울 때였다. 경기도 어느 시골에 머물던 J의 친구는 같은 마을에 숨어 사는 춘원을 우연히 만나 이따금 말동무 노릇을 했다. 그 무렵의 달이 아주 좋은 밤이었다고 한다. 춘원이 빈 초가집 마루에 홀로 앉아 어깨를 좌우로 흔들흔들하면서 '푸른 하늘 은하수 하얀 쪽배에'를 부르는 걸 보았다.

내친김에 소운의 또 다른 글⟨합창⟩을 마저 베끼면 어떨까. 《대산문화》 가을호에 이은 재등장이 어색하지만 아귀를 맞추자니 도리 없다.

해방되던 해 가을, 그는 진주에서 부산행 기차를 탄다. 30명쯤 되는 진주사범 선수경기 종목은 밝히지 않았다들과 동승했는데, 그들은 차가 구포를 지나도록 6~7시간 내내 목이 터지도록 온갖 노래를 불러댔다. 소운이 드디어 일어섰다. 전등조차 켜지 않는 캄캄한 차 속에서, '여러분은 부산운동장까지 갈 것이 없다. 승부는 이미 났으니 차가 부산역에 닿는 대로 돌아가라' 일렀다. 자기 이름을 여러분의 선배쯤 되는 사람으로 대신하고, 선배들의 책임과 반성까지 자책하며 염치와 체면을 세워 나가자고 강조했다.

일장 연설이 끝나자 깜깜해서 얼굴이 보이지 않는 어떤 학생이 '차렷!' 하고 동료들을 기립시켰다. 이름 모를 선배를 향해 '일행을 대표해서 진심으로 사과한다'고 답사를 했다. 동시에 전원이 '잘못했습니다' '동감입니다'를 외쳤다. 아, 이렇게도 순진한 학도들, 눈시울이 뜨거워진 김소운의 애국가 합창 제의가 뒤따랐다. 글은 이렇게 끝난다.

> 30명 학생들의 우렁찬 합창을 실은 채 기차가 부산역에
> 닿았을 때, 우리는 희망에 넘치는 흐뭇한 마음으로 플랫
> 폼에 내려섰다.

안익태 곡은 정부 수립과 동시에 채택되었으므로 필시 올드랭사인 곡조로 나갔을 게다. 시간, 장소, 정황의 똑떨어진 순간이 안 보고도 본 듯, 눈에 선하다.

말이 좀 우습지만 우리 노래의 쓰임새는 이처럼 각각이다. 흔전만전 널브러졌다가도 개인이나 집단의 부름을 받으면 되살아나는 생물이다. 그런 관계에 대한 의미 부여는 별문제로 치고.

잘은 몰라도 다른 바깥세상 사람들이라고 노래를 대하는 생각이 다르면 얼마나 다를까. 죽은 가수를 추모하는 팬클

럽의 내력 하며 엇비슷한데, 일본에는 자살을 결심했다가
노래 덕에 마음을 바꾼 인생파들의 모임마저 있다. '규짱'
이라는 애칭으로 대중과 친근했던 사카모토 규의 노래 〈밤
하늘의 별을 보렴〉을 듣고 재생을 다짐한 사람들이다. 내
취향으로는 1963년에 미국의 빌보드 차트 1위에 올랐던 그
의 〈우에오 무이테 아루코^{위를 보고 걷자}〉가 훨씬 낫던데 말이다.
어떻든 부드러운 유행가의 강한 메시지를 느끼게 한다.

호소력이 강하기로는 우리 노래보다 더한 것도 드물다.
삶이 신산하고 마음마저 폭폭한 인심을 다독거린다. 자유
가 말살된 힘든 시대엔 서로 격려하는 울림으로 다시없었
다. 그런가 하면 한잔 술에 얼핏 흘러나온 노래 색깔에 스
스로 겁을 먹어 중도에 입을 딱 다물기도 했다.

최성각의 단편 〈부용산〉《현대문학》 1998년 7월호은, 오랫동안 빨
치산 노래로 알려졌다가 〈제망매가^{祭亡妹歌}〉 계열의 고운 노
래에 다름 아닌 사연을 잘 정리한 실록 소설이다. 나 역시
전후 맥락을 모른 채, 호남에서 퍼졌다가 호남에서 주저앉
은 모양의 〈부용산〉을 일찍부터 불렀다.

일정 때까지 합친 금지곡 80년사를 돌이키면 끔찍하다.
완전히 풀린 지 10여 년 남짓밖에 안 되는데 이번에는 도무
지 근접하기 어려운, 말을 좔좔 퍼붓는 노래^{rap}가 판을 쳐

정신이 아뜩하다.

　그러나 괜찮다. 괜찮다. 눈곱만큼도 섭섭하지 않다. 젊음
은 그렇게 양양한 앞길을 개척하는 거다. 나는 줄창 품고
지낸 구닥다리 노래와 옛정을 계속 누릴 작정이다. 어차피
신정新情을 탐할 시간도 없으므로.

　모든 노래는 물레방아를 돌리고 흘러가는 물이 정녕 아니
라고 믿는다. 아무도 모르는 곳에 꽁꽁 숨었다가 저를 알아
주는 사람 앞에 나타나 제 할 일을 하고는 다시 자취를 감
출 뿐이다. 그것으로 족하다. 그러면 됐다.　| 2006 |

그때 축사가 있었어

어떻게 된 노릇인지 전동차에서 패티 페이
지의 〈테네시 왈츠〉를 듣는 기회가 요즘 들
어 잦다.

DVD 장사 덕이다. 호객을 위한 그의 시그널 뮤직인 셈인
데, 볼륨이 애초에 높다. 전주前奏 없는 가창이 또 즉각적이
어서 사람들의 무료를 깨기 십상이었다. 노래방이 생기기
전의 방석집에서나 행세하던 묵직한 음향 장치, 일명 소리
통을 밀고 다니는 행상이 조금은 별나 보인다.

노래는 그러나 시작이 끝이었다.

'아이 워스 댄싱 마이 달링/ 투 더 테네시 왈츠'에서 곧
동강이 나고 만다. 소음騷音으로 몰릴까 무서워 소음消音한 것

이다.

그 바람에 같은 노래 같은 소절만 매양 반복되었다.

장소가 장소인 만큼 어쩌겠는가. 맛보기 멜로디로 승객의 이목을 끈 젊은이는 쫓기듯 가쁜 육성을 가다듬어 회상의 리바이벌곡을 열심히 팔았다. '짜장면 시키신 분'은 말씀하시라는 투로 뜨내기 손님들의 매기買氣를 부추기며 재빨리 전후좌우를 살폈다.

승객이 많지도 적지도 않은 한낮 지하철의 혜식은 풍경이 그런다고 얼마나 흔들릴까.

그 시간대에는 특히 노년층이 많거니와 반응은 대체로 시들했다. 재財테크가 있으면 노老테크도 있다고 했는데, 후자의 그것은 보수적 거조擧措에 중심을 둘 수도 있으므로 표현이 더디고 은근하다. 한편 엉큼하다.

때문에 사람에 따라서는 들이당짝 왕년의 정서를 들쑤시다 만, 조각난 곡조에 불만을 품지 말란 법 없다. 누구는 귀가 솔깃하다 못해 감질이 나고, 누구는 오수를 방해 받아 시큰둥할지 모른다.

감질을 내기로는 옛날옛적 우리네 시장통의 약장사와 비슷하다. 헌 바이올린을 들었으되 양산도면 양산도, 아리랑이면 아리랑을 끝까지 켠 적이 없었다. 번번이 첫 대목만

연주하다 말았다. 아, 이 사람은 더 이상 나갈 실력이 없구
나 넘겨짚자 경멸과 친밀감이 오락가락, 동정으로도 번졌
다. 그는 그러나 유년의 우리 또래를 내치지 않았다. 흔히
말하는 '애들은 저리 가' 라는 따위 거만을 떨지 않아 좋았
다. 애들 없는 거리의 구경거리는 원래 시시하다는 선입견
을 그때부터 키운 폭이다. 무료 퍼포먼스일수록 코찔찔이
들이 전열前列에 좍 진을 쳐야 판이 왁자하게 사니까.

　아무려나 반세기 만에 되살아난 미국 여가수의 히트곡이
난데없거늘 과히 싫지는 않았다. 전에 없이 활발한 비틀스
노래의 재생과 더불어 그녀의 노래를 듣는 이가 부쩍 늘었
다는 후문後聞이 그리고 희한했다.

　부침이 심한 노래 마디의 번짐과 쇠퇴에 유별스런 의미를
둘 건 없다. 돌아온 가락이 반가워 입에 담은들 누가 말리
겠는가. 저 좋아 부르고 저 싫으면 귀를 닫을 따름이다. 때
로는 그런 울림이 강퍅한 시대를 위무하는 자기 버전 구실
을 하는 수도 있다.

　발상이 너무 한갓지다면 그만이지만 노래는 그처럼 일상
에 쓸모가 많고 요사바사하다. 특히 분위기와 장소에 민감
하게 구애받기 쉽다.

　내가 즉 그랬다. 전동차에 앉아 〈테네시 왈츠〉를 참으로

오랜만에 듣던 날, 나는 마침 다자이 오사무의 《츠가루津輕》를 일본 문고본으로 읽고 있었다. 작자가 자기 고향인 츠가루를 3주일 동안 돌아보고 쓴 풍토기이자 소설이다. 문학평론가 가메이 가츠이치로龜井勝一郎는 '다자이의 전 작품 가운데 딱 하나만 들라면 나는 서슴없이 이 작품을 들겠다'고 단언했다. 다자이의 본질을 가장 잘 드러냈기 때문이라고 한다.

일본 동북지방아오모리현의 호족豪族 출신인 그는 익히 알려진 대로 늪에 빠진 듯 우울한 환경 속에서 늘 도피를 마음먹고 자기 부정에 집착했다.

짧은 귀향길에서는 그런 음영이 많이 정리된 느낌이었다. 《사양》《인간실격》 등이 나온 다음이니까. 하지만 《츠가루》에 등장하는 인물들이 육친보다는 예전의 서생書生, 머슴, 하녀 쪽이 더 많다는 사실은 무엇을 말하는가. 전편에 흐르는 우수의 그림자를 어쩔 수 없는 것이다.

나는 그같이 처진 이야기를 읽다가 귀에 익은 반세기 저쪽의 유행곡에 혹해 고개를 번쩍 들었다.

자디잔 활자 속에 담긴 사연과 졸지에 귀청을 때리고 흐르는 감미로운 노래는 아주 딴판이다. 아무런 관계가 없지만 어쩌다 축축한 쪽으로 감정이 기운 자는 우군을 만난 기

분으로 더욱 곬로 빠지기도 한다. 살다 보면 그런 경우가
참 많다. 삭은 정서를 모아 등에 업고 둥개둥개를 할 것까
지는 없어도 일부러 정신적 침잠을 배가시키려 든다.

패티 페이지의 〈테네시 왈츠〉는 실상 그녀의 또 다른 노
래인 〈아이 웬트 투 유어 웨딩〉이나 〈체인징 파트너〉에 앞
서50년 등장했는데 한국에서는 그보다 한참 뒤에 퍼졌다.

젊은이들은 어떻든 세 히트 넘버를, 더구나 영어 가사로
어지간히 불렀다. 모르면 축에 못 드는 양 너도 나도 입에
올려 궁핍한 시절의 스산한 마음을 달래고 녹였다. 가수 자
신이 열 남매 가정의 시골 출신이어서 컨트리 스타일의 발
라드가 더 잘 어울렸다. 올해로 여든 살이라던데, 우리나라
에도 온 일이 있다.

그런 가수의 그런 노래가 왜 리바이벌 붐을 타고 있는지
는 잘 모르겠다. 혹시라도 지금 같은 세상을 건너는 형편과
도 어느 모서리에선가 닿기라도 하는지. 부질없지만 생각
해 보고 싶다.

우리네 시대 시대는 항상 나름의 어떤 특징이 두드러졌
다. 그중 하나가 6 · 25 직후의 조혼 풍조다. 농촌에서 특히
성했다. 대代가 끊길까 두려웠던 것이다. 전쟁으로 사라진
인총을 벌충이라도 하듯, 막 고등학교를 나온 아들의 혼사

를 다투어 서둘렀다.

　나도 그런 결혼식에 한몫 했다. 신랑으로서가 아니라 우인 대표의 축사로 말이다.

　대표 칭호는 헛소리고, 글 짓는 솜씨가 엔간하대서 두 차례나 동문수학한 친구의 혼례청에 섰다. 차일을 치고 하는 구식 혼례에 축사가 끼다니 갓 쓰고 자전거 타는 격이로되, 마음은 신식인 신랑들이 극구 우겼다고 한다.

　두 혼인식은 읍내에서도 오륙십 리 떨어진 신부집에서 두어 달 터울로 각각 이루어졌다. 신랑과 부모는 트럭 조수석에, 하객들은 짐칸에 앉아 매서운 겨울바람을 뚫고 달렸다.

　도착한 마을 동산에는 빨치산에 대비한 전투 경찰의 참호가 있고, 참호 안에서 나온 대원들이 우리 일행을 향해 환영인가 부러움인가 분명찮은 팔을 흔들어 주었다.

　상황이 상황이었던 까닭에 신랑은 신부를 보쌈하듯 당일로 데려갔거늘, 나는 대접 한번 잘 받았다.

　새까만 교복 차림으로 두루마리에 적은 축사를, 낮은 담장너머로 부인네들이 바라보는 가운데 좔좔 읽고 따로 차린 독상을 받았다. 혼자 먹기 송구스러워 무척 사양했으나 막무가내였다. 나이에 상관없이 상객에 대한 예의가 그럴 수는 없는 법이라면서 안겼다. 극진한 상차림이 놀라웠다.

조청에, 인절미에, 편육에, 전골에, 족편에…… 포식의 즐거움은 말로 다 못한다.

축사 내용을 어찌 기억하랴. 주제에 무얼 안다고, 검은머리 파뿌리 되도록 오순도순 살라고 했던 구절만이 머리에 떠오른다.

전동차에서 비롯된 상상이 엉뚱한 방향으로 휘었지만, 때로는 내 생의 흔적을 일깨워 주는 생물로서의 노래에 잠시 잠깐이나마 잠기고 싶다. 모르면 모르는 대로, 알면 아는 대로.

앞에서 조금 언급한 비틀스 또한 그 같은 맥락이다. 근자에 와서 새삼 성가가 높아진 그들은 훨씬 진폭이 크고 세계적이다. 존 레논과 조지 해리슨이 가고, 폴 매카트니와 링고 스타만이 남았을망정 그들이 이미 성취한 음악은 여전히 쟁쟁하다. 고작 〈예스터데이〉나 〈오블라디 오블라다〉나 읊조릴 정도로 그쪽 사정에 무식한 내가 할 소리는 아니되, 그들이 내건 반전 평화 자유를 어떤 그룹이나 음악인이 또 들고 나올지 궁금하다.

〈아이 워나 홀드 유어 핸드〉는 절창이다. 그때 느낀 충격을 잊기 어렵다.

최정호의 안경

그는 언제부터 안경을 썼을까.

새삼스런 궁금증이 난데없지만 안경을 끼지 않은 최정호崔禎鎬의 맨얼굴은 상상하기 어렵다. 도톰하게 큰 코로 거무숙숙 굵은 테 안경을 척 받쳐야 제격이다. 그러자 번듯한 안면 구도가 한층 근사해 뵌다. 넉넉한 하관과 더불어 사진발이 늘 좋다.

아니할 소리로 젊어서는 지적 이미지를 표 나게 풍기고, 나이 들어서는 훤한 신수를 돕기 위해 옛날식 풍안치레를 하는 이도 더러 있겠으나 최정호는 아니다. 벗으면 서먹할 정도로 썩 잘 어울리는 그의 도수 높은 안경은 실용 이상의 그 무엇이지 싶다. 효능으로 시작하여 문물의 이치를 공고

히 깨치고 넓은 세상을 섭렵하는 또 하나의 눈 구실을 한다
고 믿는다. 그 안에서 그만의 통찰력을 증폭시키며 남다른
레토릭을 가다듬을 테다.

제 눈에 안경이라더니 너야말로 소설 쓰고 앉았구나, 타
박하면 할 말이 없다. 혼자 묻고 혼자 대답한 푼수니까.

딴은 그렇다. 사귄 세월이 그러구러 오
십 년도 넘고 보면 상대의 됨됨이나 성
벽은 물론, 뜨는 밥숟가락의 함량까지 챙
길 것 같지만 어림없다. 똑떨어지게 표현
하기 어려운 것이 사람에 대한 묘사다.
알 건 알고 모르는 건 모르기 마련이다.

똑같이 견디고 누린 햇수조차 누구는

최정호

길게 누구는 짧게 느끼지 말란 법 없다. 눈 밑 살주머니를
두고도 사람들은 호상 간에 위의威儀와 속절없음의 어떤 증
험을 따로따로 읽기 쉽다.

일본 작가 가와바타 야스나리는 심지어 말한다. 흐르는
세월은 한 인간에게마저 반드시 하나 아닌 여러 갈래로 흐
르는 것이라고, 자신의 장편소설《아름다움과 슬픔과》에서
토로했다. 하늘은 만인에게 같은 속도로 세월을 흘려보내
되 사람은 그 유속流速에 곧장 따르지 않는다고 말이다.

내 눈에는 어떻든 정호의 안경이 각별하다. 그럴 만한 내력이 있거나 별스런 억지를 부릴래서가 아니다. 일방적으로 그냥 무기물의 생물화를 단정한 폭이다. 본인으로서는 엉뚱하겠지만 혹자는 그렇게도 바라본다는 데에야 어쩔 것인가. '그냥' 같은 우리 어법의 무책임한 추상성이나 잠깐 웃어넘길밖에.

생각난다. 서울로 올라오기 이전의 정호네 집에서 본 니체와 발레리 초상이 지금껏 눈에 선하다. 연필 그림으로 기억되는 그 인물화는 물론 소년 최정호가 그린 건데 모사模寫 여부를 떠나 놀라운 솜씨가 여간 아니었다. 액자에 넣어 벽에 턱하니 건 그것들을 대하자마자 무언의 탄성이 절로 나왔다. 요새 만화의 말풍선에 빽 하면 등장하는 '허걱!' 그것이었다.

게다가 폴 발레리 소묘에는 〈해변의 묘지〉인가 하는 긴 시의 첫머리 몇 줄을 불어로 적었든가 어쨌든가? 도통 자신이 없다. 어찌 이런 일뿐일까. 기름기 밭은 상념에 기억력까지 갈수록 녹이 슬어 저지르는 실수가 일상에 숱하다.

최정호는 다르다. 수집 · 저장으로 미래에 대비하는 선수다. 그라고 스러져 가는 기억을 언제나 너끈히 되살릴 수 있을까마는 무얼 기록하고 오래오래 간수하는 정성으로 허망한 인멸을 대봉 친다. 끈기가 보통을 넘는다.

가령 보자. 연전에 세 권의 호화본으로 낸 《세계의 공연예술기행》이 곧 그 같은 노력의 일대 집성이라면, 최근에 연 〈세계공연 예술 현장기행〉은 그가 수십 년 동안 간직했던 자료의 온 퍼레이드였다. 그쪽 사정에 젬병인 나에게는 여전히 생소한 리플릿이요 문건들이었지만 그가 쏟은 지성^{至誠}을 재삼 확인하는 시간이 매우 의미 있게 느껴졌다.

낱낱으로 흩어졌던 공연장이 구안지사의 간택을 받아 지난날의 화려한 무대를 제가끔 추억하겠구나 상상했다. 체수가 웬만큼 두둑한 그의 어느 구석에 이토록 섬세하고 바지런한 습성이 배여 있었던가 경탄하며, 모을 만해서 모은 것들의 조촐한 역사를 보는 기분이 괜찮았다.

그건 그렇고 그림 그리는 재간이 아무튼 대단했다. 초등학교 무렵부터 미술을 좋아하여 여러 번 상을 탔고, 중학교 1학년 때는 교내 미술대회에서 특선을 먹은 끝에 유명 아틀리에에도 2년이나 나갔다.

그렇담 음악은? 역시 말 말라는 수준이었다고 직접 쓴 회상에서 넌지시 비쳤다. 집에 있는 오르간을 노상 갖고 노는 바람에 학교에서는 풍금을 제일 잘 친다는 소문이 자자했다고 한다. 해방 후 처음 맞는 어린이날^{6학년 때}엔 드디어 전주 도립극장 무대에 올라 노래 반주를 맡는다.

유년의 총명이 때로 그리운 망팔십의 '귀여운 자랑'이자, 한 사람의 먼먼 왕년을 새김질하는 계제로 여기면 그만이다. 못한 것부터 꼽는 것이 빠르겠다고 스스럼없이 능친들 어떠랴만, 나는 그가 상당히 못하는 것 두 가지를 안다. 운동과 가창력이다.

운동이야 소질에 따른 원천적 기피 탓으로 돌리자. 문제는 노래인데, 고작(?) 반주자로 자족한 사실이 그런 사정을 증명하고 남는다. 때와 장소를 막론하고 독창 합창에 끼었다는 진술이 아예 없다. 변성기가 끝나도록.

어른이 되어 어울린 술판에서조차 그는 남들의 가무음곡에도 질색을 했다. 하나 노래와 아주 담을 쌓았다고 단정하기 무엇하다. 대학물을 먹으면서 익힌 샹송이 제법이었기 때문이다. 생래의 비음이 붙어 가사 발음에 딱이었다. 어색한 고음 처리가 다만 아쉬웠다. 앞뒤 음색이 어긋나기 십상이었다.

자주 부른 애창곡은 리스 고티가 노래한 르네 클레르 감독의 영화^{Le 14 JUILLET} 주제가 〈아 빠리 당 샤끄 포브르^{A PARIS DANS CHAQUE FAUBOURG}〉다. 프랑스혁명 기념일을 구가하는 곡

조답게 템포가 경쾌한 편인데, 그는 부급(負笈)의 중학동 하숙
방에서 함께 지낸 조각가 차근호(車根鎬)에게도 이 노래를 구전
한 것 같다. 술에 취해 어깨동무를 하고 귀숙(歸宿)하는 밤길에
흔히 읊조렸다고 들었다.

하고 보면 나도 정호와의 두 차례 하숙 생활 중에 이 상송
을 배웠다. 나라고 본래부터 맹탕이었던 건 아니다. 다미아
의 〈우울한 일요일〉은 영어 〈글루미 선데이〉로, 성명 미상
가수의 〈남의 속도 모르고〉는 일본말 〈히도는 기모 시라나
이데〉로 부르다가 뒤늦게 원어민 흉내나마 내게 된 것이다.
뜻은 제대로 꿰지 못할망정 엉터리 창법으로 좔좔 외웠다.

한데 나에게 그걸 전수한 당자는 정작 노랫말도 음률도
죄 까먹은 눈치다. 근자에 한번 떠봤더니 그게 언제 적 얘
기냐면서 후생 가외의 농을 걸고 나섰다. 계유생이 임신생
더러 후생 운운하다니. 을축갑자(乙丑甲子)가 따로 없거니와 나
이가 꽉 찬 인생은 '오뉴월 하루 볕'의 한계 밖을 노니는 꼴
이어서 그딴 차이에 피차 신경을 쓰지 않는다. 말하는 쪽의
헤픈 입술이 오히려 쓰다.

최정호는 그리고 한국을 떠났다. 4·19 뒤의 희망과 혼돈
이 오락가락 산천마저 온통 신열을 앓던 1960년 늦가을에,

유학생과 신문사 특파 기자를 겸한 신분으로 독일행 비행기를 탔다.

지금의 롯데호텔 건너편 USIS 문 앞에서 그를 배웅했다. 다들 미국으로 미국으로 가는 마당에 니체의 나라 독일을 선택한 안목이야 새삼스럽지 않다. 그의 유럽프렌들리를 생각하면 당연한 길이었기 때문이다. 50년대 중반부터 마음먹었다던 어떤 저녁의, 주변 사람들에겐 꽤나 돌발적이었던 양행洋行 장면이 이래저래 생생하다. 서른이 다 되어 입구入歐의 먼 발걸음을 떼는 마당에 꽃다발 하나 없이 몇몇 남자끼리만 이별의 악수를 나눴다.

그런들 어떻고 저런들 대수일까 보냐. 당사자는 새 출발점에 선 자의 떨림에 의당 부풀어 있었다. 긴장과 감동에 겨워 벌겋게 상기된 표정을 안경으로 호도한 채, 신문사 차인지 전세 낸 세단인지를 타고 김포공항을 향해 달렸다. 때마침 서소문 쪽 하늘에 얇게 퍼진 저녁놀이 고왔다.

제물에 호들갑을 떤 감이 없지 않지만 가끔 생각이 난다. 그의 '독일 이전'과 '독일 이후'를 가르는 순간이었으니까.

양양한 출진出陣에 어지간히 근천스런 부러움이 한편 뒤따랐다. 하숙살이는 어차피 마찬가지겠으되 그쪽에 가면 진짜 진짜 소시지에, 햄에, 치즈를 실컷 먹어 대식가大食家 최정호의 배가 만세를 부르겠구나. 서울 하숙집들의 멸치 도강탕 같은 싯누런 콩나물국과 지겨운 오이 짠지와 무말랭이를 면하겠구나 선망했다.

필경 글쓰기로 요약되는 그의 다양한 활동은 독일 이후부터 세련된 붓끝으로 날개를 편다. 차곡차곡 전개된다. 함에도 불구하고 여기서는 독일 이전의, 그나마 소소한 주변부를 건드리다 말았거늘, 내 취향으로는 그게 훨씬 진한 정감으로 다가오는 탓이다.

사람은 일생에 여러 번 변한댔는데 나는 그 말을 별로 신용하지 않는다. 정도의 차원이기는 해도 어려서 일단 싹 튼 재주와 버릇은 여간해서 소멸되긴커녕 기회 닿는 대로 서서히 판도를 넓힌다고 짐작한다.

아깟번에 보았듯이 그림에 대한 나름의 집착이나 오르간 연주의 재미가 없었대도 정호의 저 방대하고 막강한 예술 기행이 가능했을까. 그만한 바탕이랄지 경험이 새로운 경지를 트고 부추기는 인자로 작용하지는 않았을까.

그밖에 더 넓고 깊게 눈을 돌리고 읽은 책이 또 암만이다. 거진 다 인문 사회과학 서적이었다. 해방 후의 어수선한 분위기 속에서 그는 김성칠金聖七의 《조선역사》나 손진태孫晉泰의 《조선민족사 개론》, 또는 백남운白南雲의 《조선사회경제사》 등등에 열심히 눈을 돌렸다. '세 토막 난 중학 시절' 을 보낸 데 따른 불행한 시간의 선용이었다.

학교를 바꾸고 칩거를 일삼은 시대적 불우不遇를 누구는 겪지 않았을라구. 미구에 터진 6·25를 전후하여 도처에 참 많았다. 알싸한 통증 따위 서정으로 당시를 되돌아보기 무망한 불감당의 현실이, 조금씩 여물어 가던 우리 또래들의 꿈과 삶을 결딴 내기 쉬웠다.

앙증맞은 먹고무신에 송사리를 담고, 보리누름이나 가을 걷이가 끝난 논틀밭들을 아무 때나 누구나 뛰어다니지 않았다. 그와는 무관한 축들의 면학 기운이 또 왕성하여 서울 이외의 지역을 모두 시골로 치는 발상이 그때 벌써 촌스러웠다. 가라앉은 중소 도시의 자존심이 엔간했던 까닭이다. 그런 측면에서 향수 또한 복합적이다.

최정호는 여전히 글을 쓰는 현역이다. 수요需要에 따른 응답이자 노력의 결과겠으나 그게 어디 말처럼 쉬울까. 일관되게 격이 남다른 글솜씨 덕이 크다. 언론인일 때나 교수일 때나.

그는 8·15 다음다음날, 자기 집에서 전주 어른들이 우리 말로 만든 〈건국시보〉태블로이드판를 거리에 나가 뿌렸다. 그걸 두고 광복 후 최초 신문의 최후 배달원 노릇을 했다고 뽐냈다. 따라서 훗날의 언론 입지立志를 그때부터 키웠다고 속단

할 건 없다. 한국일보 입사로 늦춰 잡아도 된다.

올해²⁰⁰⁹로 희수喜壽를 맞은 그의 일생은 아무튼 언론을 중심으로 일관된다. 강단에 서 있는 동안에도 납밥 먹은 현장 언론인 이상으로 논설을 많이 써 오늘에 이르렀다. 신명이 나지 않으면 못할 일이다. 하물며 장안의 유력지를 다섯 군데나 차례차례 누볐다. 야구 선수에 비유하자면, 낮은 자책 점으로 감독과 팬을 동시에 안심시키는 에이스 선발 투수다. 퀄리티 피칭은 기본이다.

뿐인가. 가만히 보면 예술 기행에도 칼럼 기법이 넘나들고, '사설社說'로 멋을 부린 〈사람을 그리다〉에도 그만한 솜씨가 원용되었다. 평생을 통해 한 사람의 지음知音을 얻기도 힘든 세상에 그토록 많은 이를 품는 도량이 무던하다.

신문 칼럼을 포함한 그의 글 중에는 따라가기 힘든 것도 적잖다. 행간에 어른거리는 노기怒氣를 더러 '착각' 할 수도 있다. 그건 쓰는 자유, 읽는 자유와 관련된다. 세상만사를 같은 시각으로 바라볼 양이면 글이 왜 필요하겠는가. 무슨 재미로 읽겠는가.

한국의 눈으로 서양을 보고, 서양의 눈으로 한국을 보는 미덕을 위해 그의 안경은 어떤 구실을 했을까. 가당찮은 넉살을 떨어 본다. | 2009 |

'영맹英盲'을 위로 받은
《영어, 내 마음의 식민주의》

외국어 공부의 어려움을 '울기와 웃기'로 가름한, 믿거나 말거나식 가설이 왕년에 있었다. 매우 어중되고 썰렁한 이 정의定義에 따르면 영어는 웃고 들어갔다가 울고 나오는 말이었다. 불어는 울고 들어갔다가 웃고 나온다고 했던가. 독일어는 울고 들어갔다가 울고 나오는 언어로 호가 났다. 일본어는 축에 들지 못했고, 중국어는 자장면 속에 아직 묻혀 있었다.

누가 언제 어디서 퍼뜨린 잡설인가를 캘 것 없다. 순서가 뒤바뀌었단들 대수랴. 신출내기 중학생들의 영어 학습에 맞춰 떠돈, 병 주고 약 주는 간질간질한 농담에 지나지 않았다.

그러거나 말거나 해방과 더불어 난생처음 영어를 배우기 시작한 우리 또래는 자가발전의 감흥에 스스로 들떴다. 에이비시디를 겨우 떼고 들어간 '디스 이스 어 북크' 따위 단문장을, 어떤 녀석은 천자문 외듯이 읽었다. 윗몸을 좌우로 흔들며 동네방네가 다 듣도록 큰소리로 낭독했다.

어른은 어른들대로 한두 마디 영어를 저절로 입에 올리게 되었다. 누가 가르쳐 주지 않았는데도 잦은 귀동냥으로 '할로' '오케'를 익힌 것이다. 미국인 일반을 지칭하기보다는 '미군'의 대명사로 통했는데, '할로와 오케'는 두 단어가 아니었다. 항상 붙어 다녔다. 꼬맹이들은 그 밑에 '껌'을 붙이기 쉬웠다.

사람들이 지어낸 이런 호칭은 미리 느낀 친근감의 다른 표현이다. 내가 살던 도시에 그들이 처음 나타났을 때는 말로만 듣던 벽안碧眼 흑안黑顔의 파격적 생김새에 많이들 놀랐다. 무서운 형용에 겁까지 먹었던 게 사실이다. 하지만 차차 익숙해졌다.

평화의 사도 이미지가 제일 컸다, 동시에 부러웠다. 온갖 것을 빼앗아가기만 하던 '쪽발이'에 비해, 부티가 잘잘 흐르는 미군 부대 살림에 군침을 삼키지 않았다면 거짓말이다.

이런저런 마음을 담아 동네 유지들은 한길 복판에 미군

진주를 환영하는 일주문 모양의 솔문松門을 떡하니 세웠다. 8월의 청청한 솔가지로 뒤덮은 임시 변통의 장치였달까. 그 뒤로는 대중들의 그처럼 소박한 '설치 미술'을 보지 못했거늘, 두 기둥을 가로지른 횡판橫板의 영자는 지금도 희미한 영상으로 남아 있다.

'WELCOME'이니 'U.S. ARMY' 등이 생각나는데, 푸른 솔잎이 적갈색으로 말라비틀어지도록 '할로 오케'는 오지 않았다. 고을의 중심지에서 한참 벗어난 탓이겠으나, 문짝과 지붕을 뒤로 착 접고 달려야 더 멋있는 '지프차' 역시 좀처럼 지나가지 않았다.

한다고 웰컴 하는 마음이 가실 리 있나. 버마재비가 수레바퀴에 맞선 격이었던 태평양전쟁의 일본을 재삼 비웃고, 소년들은 필수 과목의 으뜸인 영어 속으로 당장 빠졌다. 적어도 웃으면서 빠졌다.

아까 밝힌 울고 웃기의 영어편篇, 다시 말하면 '웃고 들어갔다가 울고 나온다'는 가설을 좇아서가 아니다. 하루살이 나팔꽃보다 더 빨리 지고 피는 아이들의 호기심에 비추어 가당찮다. 뜻이 너무 막연해서도 귀에 오래 머물지 않았다. 다만 끌렸다. 난생처음 대하는 꼬부랑 글씨에 혹하고 R 발음의 혀 굴리기 연습으로 교실이 시끄러웠다.

개중에 영악한 아이는 어느덧 영어 학습의 먼 성과를 겨냥했다. 앞으로는 영어가 제일이라고 믿었는데, 그 정도 전망은 누가 못해? 그다지 영악할 것이 없으려니와, 영어를 잘하는 아이는 혀 놀림 또한 근사했다. 영어 선생님들조차 발음이 서로 다른 시절에 혀가 매끄러우면 얼마나 매끄러웠을까마는, 잘하고 못하는 차이는 곧 드러나기 마련이었다.

국어를 잘못 읽거나 수학 문제를 엉터리로 풀어도 책잡지 않던 교실 분위기가 틀린 영어 발음이나 단어의 오탈誤脫에는 그처럼 민감했다. 숯이 검정 나무라는 푼수로 동료의 실수를 와아 웃는 자들은 즐겁고, 지적 받은 자는 창피했다.

지금 생각하면 그게 벌써 영어에 주눅 들기 시작한 사회의 작은 조짐이었던 폭인데, 이런 경향이 날로 두드러졌다. 영어에 기가 죽을수록 소수의 영어 엘리트에 대한 선망이 늘고, 그런 주변 환경이 교실을 넘어 시민 일반에 널리 퍼졌던 것이다. 영어를 몰라도 사는 데에는 아무 지장이 없는 층이 물론 대부분이었지만, 영어의 신통력을 확신하기는 그들이라고 다를 것이 없었다.

영어에 소질이 없는 위인은 그래서도 오래오래 곤경을 치렀다. 아무개는 중1 때에 sign을 '시근'으로 읽어 두고두고 놀림 받았다. 늘그막 동창 모임에서까지 '시근'이라는 별명으로 통했다. 가족 따라 미국에 간 누구는 야간에만 경비원으로 나간 파트타임 일터에서 시치미를 뗐다고 한다. '너는 한국에서 대학까지 다녔다면서 왜 영어를 못하느냐?'는 꾸중에, '나는 주간晝間 대학을 나온 까닭에 야간에는 영어를 못한다'고 능청을 떨었다.

영어로 깃발을 날리기커녕 그것으로 생의 어느 시기를 속깨나 끓이며 지낸 이들은 따라서 고개를 절레절레 젓기 쉽다. '당신에게 영어는 무엇이냐?'고 묻자마자 '말도 마시오!' 열 받을 공산이 크다. 시난고난한 생애를 보낸 노인네들이 흔히 입에 올리는 '말도 마시오'와는 엄청 다르다. 잡힌 주름살의 두께로 미루어 어림없다. '내가 산 지난날을 소설로 엮으면 세 권 다섯 권도 넘을 것'이라는 진솔한 한탄에 비길 바 아니되, 한숨 섞인 첫마디 반응은 비슷할 수도 있다. 나름대로 겪은 개개인의 '영어 애사哀史'가 엔간할 테니까.

영어와 한국인의 관계는 그만큼 밀접하다. 이쪽은 늘 아쉽고 저쪽은 여유작작한 모습 또한 여전하다. 숙명인 양 우리 생활에 개입하는 언어 이상의 생명체나 진배없다. 영국에는 '세금과 죽음과 날씨만은 어쩔 수 없다'는 속담이 있다던데, 우리 형편은 날씨를 영어로 대체해야 할 지경이다.

우리말만을 끼적거려 밥을 먹는 자의 호들갑으로 무시하면 그만이겠으나 윤지관 교수가 책임 편집한 《영어, 내 마음의 식민주의》당대 발행, 2007는, 나 같은 '영맹' 英盲의 그런 생각을 포함한 영어의 여러 문제를 속속들이 파헤쳐 유익하다.

영문학자를 중심으로 사회학자 언어학자들이 최근 10여 년 동안에 발표한 17편의 글을 모은 책이다. 우수를 머금은 듯 조촐한 제목이 참 좋다. 그만큼 서술에 무리가 없어 읽기 편하다.

주제 따라 세 부분으로 나누어 편찬했다. '영어는 우리에게 무엇인가[1부]' '영어, 어떻게 배우고 가르쳐야 하나[2부]' '영어의 지배, 어떻게 대응할 것인가[3부]'를 묻고 대답하는 형식이다. 책은 이 질문들에 대한 응답의 한 방안으로 구상되었다. 영어를 당장의 우리 현실이나 삶의 질과 관련지어 비판하고 대책을 제시했기 때문에, 이야기가 일일이 차지다. 전개展開에 무리가 없다. '기러기 아빠'나 '외짝 엄마'들에게도 도움될 말이 많다.

'영어든 무엇이든 외국어를 잘한다는 것은 훌륭한 자산이고 개인적으로나 공적으로나 의미 있는 실력일 수 있다'는 전제를 서두에 의당 밝혔다. 그러나 영어를 잘하는 것이 다른 가치들을 초월하는 지상 목적인 것처럼 '가장하거나 착각하는 것은 잘못'이라는 입지 또한 확고하다.

편집을 주재한 윤 교수는 이 책의 제목으로 삼은 글에서 그런 지향과 일탈을 고통스럽게 짚었다.

영어로 생업을 삼고 있는 필자이지만, 영어! 영어!라는 말이 도처에서 마치 구호처럼 울려대는 현실은 착잡한 심성에 빠지게 만든다. 스스로 영어를 여느 사람보다 더 많이 접해 왔고, 교실에서 십수 년간 영어를 가지고 학생

들을 닦달해 온 처지이니, 영어가 이렇게 환영받는 세상
에서 환희작약까지는 아니더라도 뿌듯한 기분 정도는
들어야 할 터인데, 전혀 그렇지가 않다. 영어 교육을 통
해서 같은 한국인들을 무지에서 '해방' 시킨다는 것보다
본의 아니게 영어를 앞세워 군림하는 '억압자'라는 느
낌이 갈수록 더 심해진다. 이런 느낌은 최근 우리 사회
의 영어 열풍이나 영어 숭배가 거의 집단 광기의 차원에
까지 이르고 있다는 판단 때문에 더 절실해진 것이다.

주제별로 내용을 얼추 삼등분했다지만 독자는 굳이 차례
를 따를 것 없다. 취향껏 아무 데로나 들어가 읽고 싶은 글
을 챙기면 된다.

그러라고 꾸민 책으로 믿어야겠다. 영어에 온통 가위눌린
사회에는 국외자가 따로 없을 터이므로, 전문 교수들의 똑
떨어진 견해를 4백 쪽이 넘도록 수습한 노력이 고맙다. 이
를테면 상다리가 휘도록 '열일곱첩' 반상飯床을 차린 셈인
데, 독서에도 서서히 입이 짧아진 나는 초기 소설 속에 오
락가락하는 영어 마디에 우선 눈이 갔다. 그보다 훨씬 귀에
익숙했던 해방 후 통역의 활약과 행세에 관심을 기울였다.

해서 강내희 교수의《식민지시대 영어교육과 영어의 사회

적 위상》을 펼쳤다. 아니 가게를 기웃거리듯이 들렀다. 이
인직 소설 〈혈의 누〉의 두 남녀가 영어로 대화를 나눈다는
설정을 집필자와 함께 궁금히 여겼다. 이광수의 《무정》에
등장하는 리형식과 선형의 예를 들어, 영어가 벌써 일부 조
선인의 삶 속에 깊이 파고들었다는 지적에 공감했다.

그러다가 현진건의 단편 〈희생화犧牲花〉에 영어 대화가 덜
컥! 뼈도 발라내지 않고 날것으로 나왔네?

> 둘은 내가 거기 숨어 있는 줄은 모르고 영어로 무어라고
> 소곤거리며 지나간다. 그중에 이 말이 제일 똑똑히 들렸
> 다그때는 몰랐지만 지금 생각하니 아마 이 말인 것 같다.
> 'Love is blind사랑은 맹목적이라지요' 라니까 누님은 소리를
> 죽여 웃으며, 'But, our love has eyes그런데 우리 사랑은 보는
> 사랑이지요' 하였다.

여기 등장하는 두 인물은 열여덟 소년소녀다. 당시 고등
보통학교 남자부 4년급18세과 여자부 4년급이라는 것이 강
교수의 설명이다.

작중 인물에게 영어로 말을 시킨 예가 소수 지식인들의
외래어 풍조를 반영한다면, 조선시대 이후 이어진 통변, 역

관, 통역 활동은 당대의 외세와 긴밀히 닿아 있었다. 다 아는 대로 조선조 역관은 시세가 없었다. 숙종 때 역관 무역으로 갑부가 된 변승업卞承業의 돌출은 옛 얘기의 하나일 뿐, 신분은 중인을 벗어나지 못했다.

그러나 미군정이 영어를 공어公語로 삼은 해방 후 양상은 놀랍도록 달랐다. 통역의 역譯자를 탁澤으로 잘못 발음하는 소년들이, 그가 나타나는 곳마다 뀔 정도로 유세를 부렸다. 개중에 순 엉터리 '통탁'이 어찌 없었겠는가. 많았다.

소설이 그만한 호재를 가만히 놔둘 리 만무다. 이 책에서는 못 본 것 같은데 채만식은 〈미스터 方〉을 쓰고, 전광용은 〈꺼삐딴 리〉를 엮어 시대의 총아들을 희화화했다.

〈미스터 方〉은 일제 때 신기료 장수를 하던 코 삐뚤이 방삼복의 짧은 흥망성쇠를 다뤘다. 그는 생업을 때려치우고 일본으로 상해로 십여 년을 떠돌다 얻어 배운 영어 덕에 미군 소위 S의 통역이 된다. 금의환향 아닌, 돌아온 서울에서 금시발복이 터진 것이다. 그러자 별별 청탁 행렬이 문전성시를 이루고 온갖 뇌물이 막 쏟아져 들어왔다. 문전성시는 대궐 같은 저택을 전제하려니와, 그거야 이미 장만한 뒤였다. 식모에 침모까지 두었다면 말 다했지 뭔가. 하지만 오래가지 않았다. 미구에 망했거늘, 무엇보다 흥미로운 것은 그와 미군이 만나고 헤어질 때의 토막 영어다.

미국 군인과의 접촉을 우정 노리고 종로를 어정거리던 삼복이는, 어느 날 무척 선량해 뵈는 뚱보 미군과 담뱃대 장수 영감의 거래를 성공적으로 거든다. '하우 머치?'와 '삼십 원'만을 거듭 뇌는 주객 사이에 '더티 원'으로 다리를 놓아, 답답한 상담을 일거에 성사시킨 게다. 미군이 즉각 반색을 했다.

"오, 캔 유 스피크?"

그렇게 해서 S소위의 주불 15불^{그때 돈으로 240원가량}짜리 통역으로 너무너무 간단히 낙착된다. 이름도 '미스터 方'으로 승차陞差하여 S소위를 이곳저곳으로 인도하고 다녔다. 한번은 경회루 구경을 갔다가 S소위가 무엇 하던 건물이냐고 물었다. 그가 천연덕스럽게 대답했다.

"킹 드링크 와인 앤드 댄스 앤드 싱, 위드 댄서."

글쎄, 경회루를 설명하는 데 필요한 단어는 일단 다 나열한 셈이니 상대가 알아서 새길 법한데, 양인의 긴밀한 관계는 좌우지간 그의 실수로 곧 파국을 맞았다.

미스터 방이 저택 발코니에서 아낌없이 아래로 좍 뱉은 양칫물이, 마침 그를 찾아 밑에서 고개를 쳐들고 '헬로' 소리치던 S소위의 얼굴에 정통으로 쏟아진 탓이다.

"유 데블!"

S소위는 주먹질을 하면서 고함쳤다. 허둥지둥 버선발로 뛰쳐나와 손바닥을 비비는 미스터 방을 어퍼컷으로 철컥, 갈겼다.

작정하고 허풍을 떤 소설로 읽힌다. 작가는 그러나 지극한 슬픔을 먼저 안았음에 틀림없다. 통렬한 풍자로 비극적 리얼리즘을 완성한 채만식 문학의 야금야금 고소한 맛을 거기서 확인한다. 비감을 뒤집은 것이 풍자니까.

전광용의 〈꺼삐딴 리〉는 상황이 좀 더 복잡하고 이질적이다. 귀신같이 빠른 외세 편승 감각과 변신은 필경 〈미스터 方〉의 경우와 엇비슷할지라도, 제국대학 출신 의학박사 이인국과는 격이 다르고 노는 물이 천양지판이었다.

이인국 박사는 평양에서 병원을 할 적에도 부자와 일본인으로 고객을 삼았다. 해방과 더불어 친일파로 잡혀 간 감방에서는, 출감 학생이 버리고 간 노어 회화책으로 '하라쇼' 등을 익히고, 소련 장교의 혹을 떼어 줘 위기를 면한다. 1·4 후퇴 때 내려온 남한에서는 또 미 대사관 브라운 씨와 영어로 길을 터 국무성 초청을 받는다. 노어, 일어, 영어의 삼단도三段跳 멀리뛰기를 하듯이 새로운 지배자의 말을 그때그때 배워 자기 보신을 꾀한 인물의 한 전형이다.

그런 세상의 복판에 앉아 행정을 전담했던 미군정의 통역
관리는 어땠는가. 지루하게 들먹일 자리가 아닌 데다 자상
하게 주워섬길 거리도 별로 없지만, 그들 역시 꽤나 골치를
앓은 눈치다. 그건 분명하다.

맥아더 사령부는 조선인 통역관을 '필요한 죄악적 존재'
로 규정^{1946. 11}하고, 러치 군정장관은 모리행위와 사리사욕
에 치우친 보고서를 쓰는 통역에 대한 파면 처벌 성명을 그
무렵에 냈다.

《매일신문》은 한 해 전에 벌써 같은 맥락의 사설을 썼다
^{1945. 10. 13}. '통역생通譯生에게' 라는 제목이 썩 재밌거늘, 전라
남도 미군정청 정보국장을 지낸 그란트 미드^{E. Grant Meade}의
회상기《주한미군정 연구》, 안종철 옮김, 공동체 발행, 1993는 한층 구체적이다.
"한국인들은 군정청을 '통역들의, 통역들을 위한, 통역들에
의한 하나의 정부' 라고 칭했다"는 구절이 인상적이다.

무슨 일이건 싸잡아 매도하는 건 안 좋다. 자기 구실에 충
실한 예외도 많았겠으나, 한 시대의 굴절을 대변하던 존재
로, 감당할 건 감당할밖에 없다. 그게 역사에 대한 도리다.

밑줄까지 치면서 통독한 이 책은 오늘의 영어 현실에 대
한 진단과 처방으로 그들먹한데, 나는 어쩌자고 또 옛날 소
설에 주저앉고 '통역 야담' 에 오래 머물렀다. 민망한 노릇

이지만 가까운 현상은 저만치 낯설고, 먼 과거사는 이만치 친면한 기억의 조화에 어물어물 휘둘렸다. 경험의 육화가 섣부른 '지금 여기'를 뛰어넘는다고 믿는 점에서, 사람은 아는 만큼 본다는 항설과도 구분되는 일종의 방정이다. 그게 싫어서도 〈영어: 근대화, 공동체, 이데올로기〉라는 제목을 단, 송승철 교수의 글이 아주 시원스럽다.

> 한국인들이 영어를 못하는 가장 큰 이유는 영어를 못해도 불편함을 느끼지 않기 때문이다. 그리고 한국에서 영어를 강조하는 진짜 이유는 국가 경쟁력 제고에 필요한 만큼이나, 사회 지배 세력의 입장에서 볼 때 영어가 사회적 차별을 정당화할 수 있는 효과적 수단이기 때문이다. 그러기에 한국인 모두가 영어를 잘할 필요가 없으며, 그렇게 만들 수도 없다는 근원적 문제는 쉬 가려지고 국가 경쟁력을 키우려면 모든 국민이 영어를 배워야 한다는 '헛소리'가 나온다. 영어를 못하는 것이 자연스런 현상인데도 오히려 대단히 부끄럽게 생각하고 스스로 업무 능력 부족을 시인하는 것으로 착각하게 되고, 통역을 쓰면 될 터인데도 굳이 통역을 배제함으로써 의사소통을 가로막는 해프닝이 벌어진다.

고무적이다. 전공별로 꼭지를 나누어 이 책에 독특한 의견을 각각 정리한 분들은, 실용화 위주 영어 교육에 깊은 회의를 품었다. 준비가 덜 된 단계에서 대학이 다투어 영어 전용 강의를 개설하는 바람에, 학생들이 어중간한 상태로 대학문을 나서게 될 걸 우려했다. 영문과의 교양영어도 시나 소설 대신 일상 회화 훈련으로 메울까 걱정하고 있다.

영문과는 물론, 예전의 불문과, 독문과 등의 외국어학과 지망생은 대학에 들어가기 전에 그쪽 나라 문학의 냄새라도 맡으려고 애썼다. 사르트르면 사르트르, 카프카면 카프카의 한두 작품을 맛보기로라도 눈을 돌린 다음에 지원서를 냈다.

비약이 심하다 못해 당돌하달지 모르겠으나 학원의 그만한 학습 분위기와 선의의 겉멋이, 나중에는 '4월은 잔인한 달' 류의 신문 제목으로 번졌다고 본다. '춘래불사춘春來不似春'과 함께 개발 독재의 앙탈을 비틀고 웃었다.

봄이면 봄마다 등장한 현실 은유가 유치하고 상투적이었던 게 사실이다. 변함없이 외마디 시구詩句를 도막 내어 표제를 뽑거나 기사에 인용하는 발상이 단순하고 따분하여, 엘리어트의 〈황무지〉는 한국에서 죽었다는 우스개가 당시에도 나돌았다. 엘리어트만 죽었으랴. 그렇게 따지면 셰익스

피어는 '사느냐 죽느냐 그것이 문제로다'로 죽는 둥 낱낱이
세기 어렵다.

하지만 말하자. 누구는 울울창창 숨 막히는 해내외 작품
을 죄 읽고 요긴할 때마다 곶감 빼먹듯 빼먹으며 남한테 자
랑하는가. 그게 순서겠으나, 얻어들은 애기를 화두 삼아 해
당 작품을 늦게 독파할 수도 있다. 읽지도 않고 아는 척했
던 지난날의 철부지 객기를 살짝 부끄러워하면서.

어떻든 영어를 못하면 이 땅 어디에도 설자리가 없게 되
었다. 영어를 못하면 이력서조차 받아주지 않는 사회에서,
그러므로 이 무슨 속 편한 소린가 절로 무렴하다. 살기 위
해 영어 회화에 매달리는 청년들에게 미안하다.

엄마 찾아 삼만 리 아닌, 영어 찾아 삼만 리를 떠나는 초
등학교 어린 것들의 해낙낙한 표정이 그나마 다행스러우
랴. 학교 공부를 마치고 숙제를 끝내고도 맴맴 학원을 도는
데 질력이 나, 여린 새가슴이 감격에 부풀었을라. 세계의
구석구석을 간다. 남태평양 피지군도로, 희망 찾아 희망봉
이 있는 남아프리카공화국까지 영어를 배우러 간다. 그만
한 장도壯途를 꿈도 못 꾸는 아이들은 아이들대로 마음이 오
죽 아플까.

영어라고 다 영어가 아닌 모양이다. 종주국인 영국도 남

북 간에 조금씩 다르다고 했는데, 서머세트 몸은 미국 영어를 아주 얕잡았다. 영어가 장차 세계의 공통어가 되리라고 믿느냐는 질문에, '만약 미국인이 영어를 제대로 한다면 그렇게 될지도 모르겠다'고 대답했다. 어떤 책에서 언젠가 읽었다.

한국은 한국대로 방송 등이 만들어낸 '난개발' 같은 영어와 일제日製 영어의 직수입이 겹쳐 더더욱 혼란스럽다. 작가요 번역가인 안정효 씨가 지은 《가짜 영어사전》현암사, 2000은, 우리끼리는 통하되 외국인은 알아듣지 못하는 국적 불명의 영어를 집대성한 것이다. 900쪽에 이를 정도다.

대표적인 예가 '파이팅'이다. 우리네 말로는 '잘해 보자'는 뜻이지만, 영어를 쓰는 서양인에게는 '너 한판 붙어보겠느냐'는 소리로 들리기 십상이란다. 영어에는 '굿바이 홈런goodbye homerun'이라는 말이 아예 없다고도 했다. 구태여 번역을 하자면 '홈런이여 안녕', 그러니까 '다시는 홈런을 치지 않으리'가 된다는 게다. '헬리콥터helicopter'를 '헬기'로 줄여 말하면, '헬hell기'는 '지옥으로 가는 비행기'로 바뀐다니 기가 막히다.

유의해야 할 것은 그의 이런 지적들이 '콩글리시'와는 무관하다는 점이다. '한국인이 외국말을 제대로 할 줄 모른다는 사실은 조금도 흠이 되지 않는다' 고 미리 못을 박았다.

멋대로 꾸며내는 일본제 영어의 범람은 어제 오늘 시작된 문제가 아니지만, 막상 그들의 영어 회화 솜씨는 우리만 못하다고들 한다. 님 웨일스가 정리한 《아리랑》의 김산도 그런 말을 했다. '당신 영어는 아주 훌륭하다' 는 웨일스의 칭찬에, 김산은 담담히 대답했다.

"몇 가지 이유로 한국 사람이라면 누구나 외국어를 쉽게 배운답니다. 한데 이것이야말로 우리들이 천성적으로 식민지 민족이라는 증거라고 왜놈들은 말하지요. 또한 자기네들이 외국어를 잘 못하는 이유는 자기네들이 지배 민족이기 때문이랍니다."

엉뚱한 사설을 이것저것 두서없이 늘어놓는 통에 《영어, 내 마음의 식민주의》 제3부에서 집중적으로 다룬 영어 공용화 문제를 거론하지 못해 유감이다. 다른 계제에 필자들이 한결같이 주장한 '말도 안 되는 환상' 을 살필밖에 없다.

아무려나 이번에 읽은 책은 위안이자 자기 성찰의 기회로 다시없었다. 김진만 교수가 '영어의 문제' 에서 토로한 아래와 같은 말을 마음 깊이 새기고 싶다.

능숙한 '세일즈맨'을 무더기로 만들어내기 위해서가 아니라 교양 있고 지적 균형이 잡힌 국제인을 만들기 위해서 영어를 배우고 가르쳤으면 하는 것이 내 애절한 소망이다. 요즘 세상 돌아가는 품이 그 소망이 이루어질 것 같지 않아서 몹시 애절하다. 실용영어 타령을 하다가 영어를 듣지도, 하지도 못하고 신문 한 장 제대로 못 읽고, 글 한 줄 쓸 줄 모르는 영락없는 '영맹英盲'이 양산될까 그저 두렵기만 하다.

| 2007 |

오리아나 팔라치의 죽음

오리아나 팔라치^{Oriana Fallaci} 사망 기사를 며칠 전에 읽었다. 스러지는 '명물'의 시대를 불가불 떠올렸다. 이탈리아 출신의 '전설적 여기자'로 고인의 생애를 치장한 신문 제목에도 그만한 뜻이 담겨 있었던 셈이다.

현실 사회에서는 대하기 힘든 구전口傳의 세계가 곧 전설이라고 했을 때, 그녀의 살아생전 언행은 아닌 게 아니라 유별스러웠다.

본인의 대명사로 통했던 '발칙한 인터뷰어' 행각이 특히 그랬다. 종전의 형식이나 내용을 무시하고 마침내 독보적이었던 팔라치 스타일로 한 세상을 뚝 소리 나게 산 것이다. 당대 권력의 중추인 여러 나라 지도자를 선택적으로 만나 높은 성가를 누리는 바람에, 팔라치와 인터뷰를 하지 않은 사람은 세계적 인물이 못 된다는 소리가 나올 만큼 위세를 떨쳤다.

열여섯 나이에 이탈리아 최대 주간지 〈유럽인〉의 특파원으로 베트남전쟁에 뛰어든 전력이 벌써 심상찮다. 장차 소설도 썼다. 그리스 군사 독재에 항거한 레지스탕스 영웅 알렉산드로스 파나고리우스와 연인으로 지낸 외에는 독신으로 평생을 보냈다.

그러나 한국의 일반 독자에겐 생소한 이름이다. 이런 계제에 사사로운 이야기를 끼워 넣기 무렴하지만, 80년 이후 십수 년을 '인터뷰 업자'를 부업 삼아 밥을 벌던 나 역시 몰랐다. 한국 사회의 유명 인사 백여 명과 회견을 하고 다니면서도 처음에는 몰랐다. 인터뷰에 관한 책이며 자료를 모으다가 차차 알게 되었다.

아, 이런 사람의 이런 인터뷰도 있구나, 탄복했다. 수박을 먹으며 이따금 트림을 하는 무하마드 알리의 상스러움을 참다못해 그의 얼굴에 마이크를 집어 던졌다는 말에 놀랐다. 세 번째 트림까지 견디다가 '이런 무식한 촌놈을 챔피언이라고!' 소리치며 벌떡 일어서다니, 애들 문자로 '유쾌

상쾌 통쾌'를 맛보았다.

미 국무장관 시절의 헨리 키신저도 당했다던가. 인터뷰 기사가 나가자 '그건 팔라치의 창작'이라고 딴전을 피우자마자 '당신이 그래도 남자라고? 이 비겁자. 그 따위로 둘러대면 테이프를 공개하겠다'는 팔라치의 분통을 샀다. 그야말로 '내 일생의 최대 실수는 오리아나 팔라치의 인터뷰를 승낙한 것'이라는 한탄과 함께 두 번 죽은 꼴이다.

일본의 유명 인터뷰어인 《아사히신문》 '미츠코' 기자의 책 《여성의 창조적 삶을 위한 지적知的 인생론》최명희 옮김, 制五문화사, 1980에 나오는 삽화다.

인터뷰 형태에는 대충 두 가지가 있다고 했다. 공격형과 무장해제형으로 나뉘는데 팔라치는 물론 전자다. 그리고 얼마나 도전적인가를 보여 준 예를 들자면 한이 없다.

우리는 물론 후자에 속한다. 우리말의 구조 자체가 공격적이지 못하다는 인식은 여하간, 애초에 대등한 관계를 마음먹기 어렵다. 문답 내용과는 별도로 의식해야 할 인정과 관습과 겉치레가 무언의 간섭으로 미리 잠재하기 쉽다. 그 말 빼고 이 말을 넣어 달라는, 너무나 한국적인 청이나 안 하면 다행이다. 거절하면 인터뷰 장사가 곤란할 지경이다.

일률적으로 그렇지는 않다. 사정이 많이 나아진 편이다.

어떤 주제로 누구와 얘기하느냐에 따라 모양이 각각 다를
것이므로 꼭 팔라치식으로 나갈 필요가 없다. 그녀의 어법
에도 도그마가 적잖기 때문이다.

미츠코 기자가 역으로 그녀를 인터뷰한 자리에서, 일본에
대해 기억나는 것을 묻자 '맥아더 따위에게 진 나라'라고
웃으며 대답했다. 중국에 관해서도 말했다. '인민복을 입은
중국 여성을 보면 울고 싶어진다. 그건 인간성에 대한 범
죄'라고 비하했다.

퍽 문학적인 표현으로 재미있지만 지나친 독단으로 비친
다. 그랬던 팔라치도 인민복을 넘어 세상을 넘보는 중국에
서 자신의 소설과 르포물을 번역 출판하기 위해 1993년 가
을 이 나라를 찾는다. 그보다 11년 앞서 등소평을 만났을
때만 해도 '천안문의 마오쩌둥 사진을 언제까지 내걸어둘
작정이냐?'고 날선 질문을 던졌거늘, 중국인들로부터 자기
나라 사정을 알리는 숱한 편지와 사진을 받으면서 태도를
바꿨다. '이 같은 교류를 통해 중국을 사랑하게 됐다'고 말
할 정도로 유연한 자세를 취했다. 1993년 10월 26일자 국내 신문.

사는 일이 모두 인터뷰의 연속이라고 할 수 있을지 모르
겠다. 취직에 매달리는 청년을 비롯하여 어지간한 인간관
계가 대강 그렇지 않은가.

'인터뷰의 천재'에 대한 회상은 그러므로 사람 대 사람의 소통을 생각하는 시간에 다름 아니다. | 2006 |

2

열정과
서정과
자책과

열정과 서정과 자책과
— 신문기자 50년, 김중배의 글쓰기

이제는 옛날이라고 해도 무방할 60년대 초반 이야기다. 훗날의 386세대가 이미 탄생했거나 태동을 꿈꿀 무렵, 신문사 문화부의 학술 담당 기자들은 봄마다 작은 특종 경쟁에 나섰다. 유수한 대학 총장들의 졸업식과 입학식 치사致辭를 먼저 입수하고자 기를 쓰는 것이다.

쿠데타 주력이 군정이냐 민정이냐를 놓고 오락가락 암수를 쓰던 시절이었다. 대학 총장이 요새처럼 학원의 CEO 구실에만 머물지 않고, 위기에 처한 민주주의를 지키고자 진력하는 지성의 상징이었기 때문에 무엇이 달라도 다른 말을 은근히 기대하며 치사의 내용 탐색을 다뤘다.

살기등등한 군정에 쪽을 못 쓴 채 남의 권위와 글을 빌려 무력한 언론의 시간을 자위하고자 했던 몰염치가 그때 그렇게 처연했다. 그나마 오래가지 못했다. 두어 해가량, 4·19로 앙양된 언론과 대학의 괜찮았던 기세도 미구에 슬그머니 꺾이고 말았다.

날아간 자유에 낙담한 사람들은 일상에 떠도는 소문에 귀를 쫑긋거리고, 지상紙上의 뉴스나 글의 행간行間에 모종의 뜻이 행여 숨어 있지나 않을까 탐색하기 시작했다.

이른바 행간 읽기 현상이 참 지랄 같았다. 그 짓 또한 쉽지 않았다. 애초에 문면을 똑바로 세우고 의미 있는 글자를 군데군데 박아야 '사이'를 읽든가 말든가 할 텐데 막가는 행패에 짓눌려 그럴 염조차 내기 힘들었다.

행간을 읽는다는 말의 본뜻이야 근사하다. 글에는 없는 작자의 의향을 알아서 품는다니 얼마나 시적詩的인가. 동양의 인문적 아취가 넘쳐 차라리 사치스럽게 들리거늘 실상은 정반대였다.

다 아는 일이라서 더 이상 부연할 것이 없지만 이 땅의 글쓰기와 읽기는 그런 시대를 모질게 견뎠다. 쓰는 쪽에서 매설한 키워드를 눈 밝은 독자가 캐내는 흥미를 더러 공유하기도 했으나 흥미치고는 이상한 어둠의 세월이 지겨웠다.

20년 가까이 지속된 군부의 언론 봉쇄는 김중배가 칼럼을 쓰기 시작한 80년대 초에 이르러 더더욱 광범한 형태로 기승을 부렸다.

김중배

광주 학살 끝에 집권한 전두환 정권이 언론사 통폐합, 언론인 대량 해직을 거푸 단행함으로써 행간 읽기의 엄두마저 못 낼 상황 속에서 그는 붓을 들었다. 1982년 봄부터 2년 동안 〈그게 그렇지요-金重培世評〉을 《동아일보》에 썼다.

그게 빌미가 되어 한국 언론사에 희한한 '동경 유배流配' 1년을 겪고 다시 제명을 바꿔 연재한 것이 〈金重培 칼럼〉이다.

두 기간이 마침 5공의 생몰生沒 연대와 얼추 맞아떨어지는데, 그의 글쓰기는 물론 그 이전 이후에도 왕성하고 눈부셨다. 자본의 언론 통제를 비판하고 자신의 참회와도 연결시킨 일련의 미디어론이 더없이 비장했다. 일일이 절절했다.

김중배에게는 집필의 시간만 있었던 게 아니다. 평기자로 출발하여 논설위원, 편집국장, 사장한겨레신문을 거치고 MBC 사장까지 지냈다. 신문사를 떠나서는 또 '참여연대'를 발족시켜 공동대표를 맡고, 이 운동이 궤도에 오르자 '언론개혁 시민연대'를 조직했다. 근년에는 다시 포럼 '언론광장'의 상임대표로 있으면서 부설附設 '열린 미디어연구소' 활동을 주재한다.

쉴 새 없이 항상 현장을 지켰다. 시민운동도 언론운동의 연장선상에 있다고 믿으며, 어지간하면 뒷전을 서성거릴 나이에 후배들의 앞장에 서기를 서슴지 않았다. 이러자고 말하고 저러자고 글을 썼으면 의당 실천이 따라야 한다는 의지를 몸으로 보여 주었다.

김중배는 따라서 언행일치 언론인의 전범으로 뚜렷하려니와, 그와 같은 자세는 지칠 줄 모르는 글쓰기에 이미 내재돼 있었다. 안에서나 밖에서나 생각의 중심축을 항상 언론에 두고, 언론의 눈으로 세상을 파악하고자 애썼다. 일그러진 모습을 바로잡자고 외쳤다.

> 운동의 눈은 어쩌면, 내가 저널리즘에서 배워온 저널리스트의 눈과도 상통하는 것으로 보인다. 저널리스트의 눈은, 한 눈에 세 눈이 담겨지기를 요구한다. 어제의 눈과 오늘의 눈, 그리고 내일의 눈이 그것이다. …… 끝없이 청색에 가까운 맑은 눈이야말로 저널리스트의 눈이며 운동가의 눈이라는 뜻이다. 〈아, 대한민국 그리고 '운동의 눈'〉

언제 어디에 있던 그는 천생 언론인, 아니 기자였다. 그걸 긍지와 멍에로 여겨 쓰고 읽고 행동했다.

그때까지만 해도, 그러니까 〈김중배 세평世評〉이 독자의 이목을 당장 끌던 무렵만 해도 사람들은 논설 필자를 으레 '논객'이라 일렀다. 붓끝은 '필봉筆鋒'이었다. 필봉은 그냥 글을 끼적거리는 게 아니라 반드시 '휘두르는 것'으로 인식되었다. 그래야 읽는 맛이 난다고 믿었다.

하지만 젊은 독자들의 취향으로는 논객이나 필봉이라는 말이 벌써 어색했던 것도 사실이다. 같은 값이면 칼럼이라고 해야 제격이었는데, 김중배의 글은 신구 세대의 그런저런 개념이나 감각을 아우르고도 남았다.

그의 육필은 아예 원고용지의 괘선罫線을 뭉개 버릴 지경으로 글씨가 크다. 아이러니하게도 행간을 읽을 필요 없이 활달한 필치가 원고지에 가득 넘쳤다.

이렇게 말하면 그가 어색할 때마다 입에 담는 '쓰잘데없는 소리'로 내치기 십상이겠지만, 그때그때 당찬 글의 내용과 더불어 남성적 글쓰기의 활달한 맛을 느끼게 만들었다.

유난히 많은 질문형, 호소형 제목에서도 그런 인상을 받거늘, 못지않게 섬세한 정서가 뒤를 받쳐 고민에 찬 주장이 간절한 울림으로 매번 실팍하고 감동적이다.

신문의 논설위원들 사이에 '사설社說 독자는 넷'이라는 자조가 떠돌던 때였다. 필자, 교정 기자, 관계 당국자, 직업적 연구자만 사설을 읽는데서 생긴 자탄의 한숨이다.

그런 판에 등장한 〈김중배 칼럼〉은 동원된 어휘의 신선함과 다양한 인용으로 우선 주목을 끌었다. 넓은 안목으로 갖가지 예증을 나열하다가 핵심을 딱 짚어 독자의 답답한 심정을 흔들기 알맞았다.

본인은 나중에 고백했다. 자기가 쓰는 글자들이 '사자死字' 아닌 '활자活字'로 살아나도록 비유와 상징의 우회 화법을 일삼았다고 했는데, 독자인들 그 사정을 모를까.

80년대 초두의 살벌한 세상을 사는 독자 역시 그 정도 눈치는 기본이었다. 직설을 빳빳이 날리지 못하고 신을 신은 채 발바닥을 긁는 것처럼 성에 차지 않더라도 진의는 끝내 통하기 마련이었다. 부정한 권력에 쪼르르 달려간 측과는 입론立論의 출발점이 아예 달랐으니까.

역설적이게도 김중배의 다양한 은유는 그런 점에서 오히려 빛났다. 온갖 문물의 역사나 사정을 적절히 짚어 현실을 부각한 까닭에 독후감이 야무지고 훈훈했다. 알고 보면 글의 스타일리스트인 그의 솜씨가 덕택에 잘 발휘되었다. 젊은이들의 말로 옮기면 문장의 '훈남'이다.

물론 고독했을 터이다. 글 쓰는 자의 숙명이 곧 외로움인
데, 그는《마르코 복음서》9장 14절에 나오는 예수의 말씀
을 들며 외로움을 한탄하지 않는다고 했다.

> 외로움을 친구 삼아 살아간다. 외로움이 비춰주는 빛줄
> 기를 따라 글줄을 엮어 간다. 이제 외로움은 더없는 나의
> 동반자가 되었다. 새벽하늘을 쳐다보며 소스라치듯 한
> 가닥 깨우침에 이른 것도 오로지 그 동반자의 덕이 아니
> 겠는가. 언제나 나를 홀로 버려 두지 않는 그는 별빛의
> 언어를 내 가슴속에 새겨 주었다.《民草여 새벽이 열린다》머리말

 그의 진술은 얼핏 수도자의 내공^{內功}을 연상시킨다. '소스
라치듯 한 가닥 깨우침에 이른' 과정이 아주 비통하다. 이
만한 각성의 근거로 예수의 말씀을 다시 들었다.

> 말 못하고 듣지 못하게 하는 이 악령아, 나는 명령한다. 그
> 아이에게서 나오너라. 그리고 다시는 들어가지 말아라.

 예수의 이 말씀을 자신의 가슴을 향해 외쳐 댔다고 한다.
그리고 하늘을 향해 거듭 소리쳤다고 한다.

"실어증의 악령이여, 물러가라."

"진실의 언어를 삼켜 버린 악령이여, 물러가라."

몇 번이고 외치면 자기 마음속의 원탁회의에서 소수 의견은 다수로 떠오르고, 다수 의견은 소수로 떨어지는, 빛나는 반정反正이 이루어졌다.

신문에 글 한 편 쓰기가 그 정도로 힘겹고 새삼스런 각오와 자기 다짐이 필요했던가. 만판 자유로운 요즈음의 칼럼 홍수 감각으로는 지나친 엄살로 들릴지 모르겠으나 80년대 초입은 그렇게 기막혔다.

김중배의 표현대로 실어증 사회가 굳어지면서 생긴 가성假聲이 어지럽게 판을 쳤다. 험한 분위기 속에서 '몸조심' '처자식 생각' '자중자애' 따위 폭력의 관용어를 칼럼 필자에게 슬쩍슬쩍 비치며, 가까스로 살아남은 소수 의견을 윽박질렀다. 꼭 바깥 권력만 그랬던 게 아니다. 언제나 어디서나 안이 더 무섭다.

그러나 눌리고 밟혀도 양심과 정의의 글자들은 쓰러질 수 없고, 혼자인 것 같지만 나와 우리는 혼자일 수 없다는 소신에 그는 늘 도저到底했다.

'서산에 지는 태양은 아주 저물어 버리기 위해서가 아니

라, 내일 새롭게 다시 떠오르기 위해 저물어 간다는 것'을
끝내 믿었다. 왜곡된 현실에 휘둘리지 않으려고 몸부림 같
은 글을 쓰면서 내일을 지향했거늘, 양 또한 무지무지 많다.

따라서 그가 써낸 글의 총화總和를 섣불리 주절대기 버겁
다. 《民초여 새벽이 열린다》《하늘이여 땅이여 사람들이여》
《民은 卒인가》《새벽을 위한 증언》《미디어와 권력》등 일련
의 저서를 관통하는 어세는 한결같되, 바탕화면 구실을 하
는 세월과 현실의 동영상이 달라 일률적으로 설명하기 어
렵다.

다만 변함없는 특성이랄까 증험을 서너너덧 가지 꼽을 수
는 있다. 그가 끊임없이 반복한 '부끄러움'이 하나다. 둘은
'김중배투'라고 해도 좋을 비유 원용이고, 셋은 몽매 간에
도 그러안았지 싶은 자기 매질이다.

거듭거듭 강조한 '부끄러움'부터 보자.

여기에 이르러 나는 명색이 언론에 종사한다는 한 사람
으로서 지나간 16년 동안 무엇을 했던가를 스스로에게
묻고 또한 스스로를 질타하게 된다. 소설가들과 드라마
작가, 그리고 영화감독들이 그나마 5월의 진실에 접근하
고 있을 때, 막상 언론에 종사한다는 나는 무엇을 했던

가. 그저 단편의 단편, 단편의 조각들을 말하는 것으로 소임을 다한 듯이 행세해 온 나는 진정 언론의 종사자임을 자부할 수 있는가. 그들의 접근에 '그나마'의 핀잔을 퍼부을 수 있는가. 남의 나라 저널리스트들이 《대통령의 음모》를 그려내고 《다나카총리의 금맥》을 펴내고 있을 때, 나는 무엇을 배우고 무엇을 그려내고 있었던가.〈언론에도 피어나야 할 5월 꽃잎〉

이미 고백한 대로 나는 언론의 죄인이며 역사의 죄인이다. 거의 40년 동안 쌓여온 죄책을 씻을 길이 없다. 그 기나긴 역사의 시간을 어떻게 되돌릴 수 있는가. 겨레에게 끼친 해악을 어떻게 원상으로나마 되돌려 낼 수가 있는가.〈인포 리차인포 푸어의 정보화 사회〉

앞의 글은 영화 〈꽃잎〉에 대한 감상문의 한 부분이고, 뒤의 것은 정보의 빈부 격차를 말하면서 술회한 자책이다.

김중배만큼 심하게 자기를 닦달한 사람도 찾기 힘들 지경
이다. 거기에는 물론 더 높은 뜻이 없지 않다. '부끄러운 시
대를 살았던 부끄러운 선배로서의 당연한 부끄러움'을 딛
고, 다시는 그런 부끄러움을 되풀이하지 말자는 다짐의 뜻
이 크다.

해서 들고 나온 것이 사전에도 없는 '치격恥格' 이라는 단어
다. "흔해빠진 '인격' 보다야 부끄러움을 아는 의식의 격格
이 어느 모로나 신선하게 들리지 않느냐"고 보탠 말이 참
그럴싸하다.

새 조어造語에 등급까지 매기면 어떨까. 나는 나대로 한술
더 뜨고 싶어진다.

김중배가 터를 닦았대도 과언이 아닌 칼럼 속의 온갖 비
유와 인용은 결과적으로 독자의 넓고 깊은 사고를 부추긴
다. 그 같은 형식이 처음엔 좀 서먹했으나 독자들은 아슬아
슬한 경계를 넘나드는 기법에 차츰 친숙해졌다.

본인은 막상 그런 글쓰기를 싫어한다. 당시의 폭압적 상
황에서 생각해 낸 방편일 뿐, 저널리스틱한 문장은 아니라
고 못을 박았다. 나중에는 그것도 부끄럽다고 회상했다.

충분히 이해할 만한 수법이자 아픔인데, 그가 절감하는 부끄러움의 상당 부분은 이런 에두르기 어법을 스스로 참지 못하는 데서 더욱 증폭되었다고 볼 수 있다.

원천적 '금역'에 맞바로 다가가지 못한 괴로움은 말할 나위 없다. 5월 광주를 '미처 못다 부른 노래' 속에 가두고 산 것을 두고두고 괴로워한 것이다. 12·12사태를 이상李箱의 단편 제목 〈12월 12일〉을 빌려 상징한 예 등을 들며 자신의 글쓰기를 고회告悔했다.

옳고 그른 걸 따질 형편이 애초에 꽉 막힌 마당에서는, 그러나 이심전심의 화두를 앞세우기조차 어려웠다. 여간한 용기 없이는 근접조차 못할 일이었으므로, 독자는 김중배가 부지런히 퍼 나르는 동서고금의 아포리즘과 일화 등을 통해 이 땅의 현실을 넘겨짚었다. 세상에 드문 필법을 억지로 경험한 셈이다.

번번이 그렇지는 않았다. 글쓰기의 불가피한 특징을 설명하다 보니 화제가 그쪽으로 자주 기울었을 따름이지 통 큰 직설이 훨씬 많다.

가령 보자. 박종철 군의 죽음을 쓴 〈하늘이여 땅이여 사람들이여〉는 글 아닌 호곡號哭이다.

"흑흑흑……."

걸려 오는 전화를 들면, 사람다운 사람들의 깊은 호곡이 울려 온다. 비단 여성들만이 아니다. 어떤 중년의 남성은 말을 잊지 못한 채 하늘과 땅을 부른다. 이 땅의 사람다운 사람을 찾는다. ……이젠 민주를 들먹이는 입술들마저 염치없어 보인다. 민주는 무엇을 위한 민주인가. 사람이 사람답게 살아가는 하늘과 땅을 가꾸기 위해서다. 그렇다면 민주를 들먹이기 이전에 인권을 말하자. 그 유린을 없애고, 그 죽음을 없애는 인권의 소생을 먼저 외쳐야 한다.

앞에서 말한 대로 그의 논설위원 16년은 박정희·전두환·노태우 정권과 맞물려 한층 어둡고 괴로웠다. 그것은 쓰는 자의 슬픔인가, 보람인가.

어쨌거나 그는 피하지 않았다. 엄숙할 때 엄숙하고 단호할 때 단호한, 총체적으로 비감에 찬 글을 쓰되 유연한 필치와 높은 격을 유지하도록 유의하면서 절망하고 희망했다. 성실한 언론인의 각별한 안목과 광범한 독서를 기반 삼아서.

참여연대 활동 와중에 쓴 〈'아 대한민국', 그리고 '운동의 눈'〉은 정태춘이 부른 풍자의 노래에서 운을 떼어 〈살아남

127

은 자의 슬픔〉으로 이름난 브레히트의 시로 건너뛴다.

> 사회주의의 새날을 추구해 온 그는 망명 생활을 청산하고 동독으로 돌아간다. …… 그러나 그는 동독의 민중 봉기를 무참하게 짓밟는 사태를 목격하면서 이렇게 노래한다. "차라리 정부가 인민을 해산하여 버리고/ 다른 인민을 선출하는 것이 더욱 간단하지 않을까?"
> 오늘의 우리에게도 울리는 대목이다. 그러나 오늘은 그 울림을 풀어 말할 만한 겨를이 없다. 오직 동독의 붕괴를 앞서 경고했던 그의 해맑은 눈을 되새기면서, 이 땅을 가꾸어 나갈 '운동의 눈'을 생각하고 또 생각한다.

김중배의 글쓰기는 이토록 다감 다양하고 문리文理가 넉넉하다. 뜨거운 열정을 균형 잡힌 교양으로 행간을 다듬어 뒷맛이 개운하다.

그게 어디 수월한 노릇인가. 동몽童蒙을 통과할 나이에 한문을 익힌 것이 부럽다.

문학적 소양도 그렇다. 고등학교 적부터 특히 시를 좋아했다는 주변의 귀띔을 떠나 그의 서시敍事 묘사는 다분히 서정적이다. 법과 출신을 염두에 두고 말고와는 상관없이 그것은 얼마나 단단한 재산인가.

　사회부 기자야말로 '기자의 꽃'이라는 언론계의 속설에 충실할 요량이었던지, 세 신문사를 옮겨 다니는 동안에도 사회부를 떠나지 않은 이력은 어떤가. 그가 즐겨 쓰는 '민초民草'들 하고만 줄창 놀았다는 증거인데, 글쓰기의 밑천으로 아주 남달라 보인다.

　하고많은 언론인 출신 정객과 출세한 관변官邊 인사 가운데 '사츠마와리' 출신이 아주 드문 사실과 더불어 괄목할 만하다고 생각한다.

　식소사번食少事煩한 사회부장을 거쳐 편집국장을 두 군데서 지냈다. 신문사 사장과 방송국 사장에도 올랐다가 포의布衣를 자청하고 나섰다. 마침내 제자리로 돌아와 숨을 고르는가.

　드디어 '대기자 김중배'로 남아 후배들과 함께 재야 언론의 기둥으로 서 있는 모습이 장하다. 어쩌면 글자를 쓰는 마지막 신문기자記者일지 모르겠다. 글자를 찍는 타자打者의 앞을 달린 존재로 든든하다.

　함께 마신, 혀에 불을 지르는 광화문의 매운 낙지와 칼칼한 쐬주를 새삼 기억한다. 포장마차에서 입가심을 해야만 직성이 풀리던 날들이 그립다. | 2009 |

그는 늘 신선한 바람을 꿈꿨다
— 걸출한 기자, 춘추필법의 정치가 조세형

| 1 |

80년대 초의 늦여름이었지 싶다. 전두환 쿠데타로 제10대 국회가 해산되면서 졸지에 국회의원직까지 박탈당한 조세형 의원은 경기도 광주^{廣州}의 남한강 언저리에서 긴긴 여름의 한나절을 가끔 보냈다. 역시 신문사에서 떨려난 나를 불러 같이 간 그곳은 오가는 사람조차 드문 한적한 두메였다.

우리 속담에 '광주 생원^{生員}의 첫 서울'이라는 말이 있다. 광주 사람이 처음으로 한양에 와서 본 문물이 모두 신기하고 놀라워 제물에 주눅 든다는 뜻이다. '촌닭 관청에 간 것 같다'는 속담과 유사한 비유인데, 두 사람에겐 그곳이 '서울 생원의 첫 광주'나 다름없었다.

　둘 다 시골 출신이었기 때문에 주변 풍광이 모두 신기하지는 않았다. 오랜만에 대하는 산천 경개가 오히려 반가워 조 의원의 입에서 '좋구나' 소리가 연방 나올 만 했다. 우연히 걸음을 멈추고 환고향還故鄉의 느낌에 젖는 시간이 괜찮았으므로.

조세형

　25년 동안의 언론 생활을 접고 국회에 들어간 지 불과 1년 3개월, 그것도 일방적으로 축출당한 마당에 어찌 속이 편하랴. 더구나 서울 성북구에서 141,000표를 얻어 전국 최고 득표율을 기록했다. 당시는 1구 2인 당선제였는데 여당의 정내혁 씨는 7만 표밖에 얻지 못했다. 그만큼 심정이 이만저만 착잡했겠지만 특유의 해학을 앞세워 정신적 거풍擧風을 꾀한 셈이다.

　정치에 첫발을 내딛는 순간부터 내외에 선포한 그의 기개는 화려하고 산뜻했다. '내가 언론 생활을 마치고 정치 일선에 뛰어든 것은 정권에 대한 견제와 감시 기능의 연장'이라는 정계 입문 성명이 우선 돋보였다. 당은 당대로 '왜 신민당은 전국의 재야 인사 가운데에서 단 한 사람 조세형 선생을 영입하여 국회로 보내려 하는가' 라는 문건을 따로 발표했다. 국제 정치의 현장을 뛴 외교 문제 전문가, 시민들과 호흡을 같이해 온 참신한 새 얼굴 조세형 등으로 뒤를 받쳤다.

그랬으므로 맛만 보다 만 정치, 초장에 강요된 낙박落泊의 세월을 주체하다 못해 그가 손수 모는 중고 포니차를 타고 뚜렷한 목적지도 없이 강변을 헤매다가 어느 한적한 모래 사장에 드러누웠다. 내가 갖고 간 등산용 버너로 찌개를 끓여 소주를 홀짝거리고 뽕나무밭 그늘에서 낮잠을 청하기도 하면서.

어느 날인가는 손님이 없는 틈을 타 동네 냇물에서 다슬기를 잡는 주막집 아주머니를 따라 물속에 발을 담그고 세상 사는 얘기를 도란도란 나눴다. 그녀가 손에 든 찌그러진 알루미늄 양재기에 우리들이 주운 다슬기를 하나 둘 던질 때마다 나는 소리가 제법 크게 들릴 정도로 적막한 오후였다.

조 의원의 중고품 포니는 역삼동 김 아무개로부터 일금 백만 원을 주고 산 것이라고 했는데 수명이 다 되어 멀리 나갈 수조차 없었다. 그러나《경향신문》에서 쫓겨난 서동구 형이 다시 가세한 세 해직자의 광주 나들이 구실을 톡톡히 했다.

나야 어차피 본업으로 돌아온 폭이되 두 분의 그 시절 수 난이 참으로 컸다. 잘 견디고 이겨내는 걸 지켜보면서 그런 때일수록 본래의 바탕이 드러나기 마련인 사람 노릇의 어 려움을 생각하고, 닥친 위기를 어떻게 슬기롭게 넘기느냐 에 따라 타의에 의해 휜 일신一身의 굴절을 반듯하게 펼 수 있다고 믿었다.

그런 관점에서 이 시기는 조 의원의 내구耐久 체질을 굳히 는 데 차라리 일조를 했다고 볼 수 있다. 정치를 통한 인생 의 대전환을 마음먹고 나서자마자 몰린 현실이 너무 엉뚱 하고 참담할지언정, 드디어 정성껏 쌓은 내공과 진취적 지 향이 그의 훗날을 도왔으니까. 아니 적극 개척해 나갔다.

한국의 언론과 정치사에 남긴 그의 업적을 기리기 위해 두 권의 책유고집·평전을 준비하면서 관계자들이 한결같이 놀 란 것도 바로 이 점이다. 어떤 직책에 있건, 그것이 개혁이 건 좀 더 나은 상황을 의도하는 기간이건 간에 끊임없이 노 력한 흔적이 역력하다.

뒷전에서 준비 작업을 조금 거들던 나도 그걸 재확인했 다. 그가 기왕에 낸 책은 말할 나위 없다. 어느새 자서전을 상당 부분 썼을뿐더러 그때그때의 중요한 일상을 일지日誌 식으로 기록하고 토를 달았다. 발과 입만 부지런한 게 아니라 손도 쉬지 않는 근면勤勉을 다하여 이번 일을 추스르는 후배들을 결과적으로 많이 뒷받침했다.

자신의 사후에 대비하여 이런저런 글줄을 쓰고 적는 일이 우리 사회에는 드문 편이다. 한때 유서를 쓰자는 캠페인이 있었으나 흐지부지되었다.

물론 그가 남긴 여러 가지 기록은 유고 차원이 아니다. 자신이 걸어온 길과 한 일을 보다 자세히 서술한 보고서에 가깝다. 뒤틀린 시대의 여러 국면을 증언하고 바로잡혀지기를 바라는 심정으로 지난날을 돌아보되 솔직하고 명료한 지적이 행간에 넘치는 만큼 설득력이 강하다.

남다른 미덕이거늘 그는 자신의 인생 후반을 바쳐 헌신한 정치도 그런 각도에서 객관적으로 설명하고 묘사한다. 정치 행위 자체를 언론인의 시각에서 파악하고 다가간 것이 특징이다.

사안을 정치에 한정했을 때 그게 곧 조세형이라는 인물의 장점이면서 단점일지 모르겠으나 득실을 따지기 이전의 문제일 듯하다. 산술적으로는 언론인으로 지낸 25년이 정치인으로 보낸 30년에는 미치지 못하지만, 체득한 민주주의 의식과 자유의 속내로 치면 전자에 훨씬 미치지 못한다. 그의 됨됨이를 일관되게 수식하고 특징짓는 요소임이 분명하다.

겉으로 무던하고 안으로 속이 꽉 찬 사람의 면모를 보는 것 같다. 우스갯소리로 판을 즐겁게 만들고 유머로 대인 관계를 부드럽게 이어가되 속으로는 엄하게 자기를 다잡았으니까.

| 2 |

조세형이 태어나고 자란 김제시 금산면金堤市 金山面을 두고 우리나라 곡창지대의 중심인 김만경평야金萬頃平野를 대뜸 떠올릴 수도 있으리라. 하지만 금산면 금산리는 아니다. 아득한 지평선을 바라보기 어려운 산골이다. 쌀 대신 산금山金이나 사금砂金이 많이 나왔다. 고장 지명地名에 쇠금金자가 여럿 겹치는 연유도 그 때문인데 지금은 거의 쇠퇴한 듯하다.

더불어 유명한 것이 금산면 원평리院坪里의 배다. 요새 형편은 자세히 알 수 없지만 나주羅州배 못지않았다. 전주에서 산 나의 어렸을 적만 해도 '원평' 하면 배를 연상할 정도였다.

그의 집안에서도 할아버지趙德三 장로 때부터 아버지趙永浩 장로 대에 이르도록 금광과 배밭을 경영했다. 그 자신도 금광을 뚫기 위해 다이너마이트를 터뜨리던 일과 인부들에게 품삯을 주는 아버지를 돕던 기억이 생생하다고 했다.

견훤甄萱의 고사故事 때문에도 세상에 더욱 잘 알려진 금산사金山寺는 또 이웃이나 마찬가지로 가까웠으며, 이 절의 진산鎭山이라 할 모악산母岳山은 제법 높다. 표고가 8백 미터나 된다. 나는 국민학교 고학년 시절에 그 산을 타고 넘어 전주一九때면코스 금산사로 내려가기도 했는데, 조 의원한테서는 한 번도 모악산 얘기를 듣지 못했다.

큰 산의 덕을 누리지 못하면 하다못해 논두렁 정기라도 들먹이는 것이 우리네 습속이다. 한데 모악산 같은 명산의 정기를 받았다면 받았을 그가 왜 그런 말을 입 밖에 내지 않았을까. 유년의 등산은 엄두를 못 내고, 언젠가 방송에 나와 실토한 대로 이렇다 할 취미를 갖지 못한 탓이다. 골프는 좀 치다 말았고, 바둑은 7급쯤에서 아주 정착하여 무취미를 자처할밖에 없었다.

아무려나 그이 태생지는 좁고 작은 산골임에도 불구하고 단순한 농촌에 그치지 않았다. 증산교甑山敎를 비롯한 민족 종교와 그밖의 잡다한 종교의 원산지로도 주목을 끌었다.

그가 쓴 글의 한 대목을 보자.

나의 고향 금산리는 종교 박람회를 방불케 할 만큼 터가 드센 곳이다. 나는 어렸을 때부터 기독교, 불교, 증산교를 다 보면서 자랐다. ……그래서 그런지 교회도 일찍 들어왔다. 나의 할아버지인 조덕삼 장로께서 돈을 내어 팥정리豆亭里 교회지금은 금산교회라고 하는 교회당을 지었는 데 백 년이 다 된 지금도 그 교회당이 그대로 남아 있다.

이른바 기역자 교회를 두고 한 말이다. 원래는 초가 지붕 이었는데 세월 따라 양철 지붕으로 바뀌고 다시 기와를 얹 어 기독교 문화재로 지정될 만큼 변천을 거듭했다. 가 보신 분은 알겠지만 지금은 그 건물 곁에 전국의 여러 교회 헌금 으로 세운 양옥 교회당이 따로 있다.

할아버지는 미국 북장로교에서 나온 테이트Leuis Boyd Tate 선교사의 세례를 받고 기독교에 귀의했다. 테이트는 전주 에 근거를 두고 말을 타고 다니며 선교에 힘썼다는데 민경 배閔庚培 교수가 지은《한국기독교회사》에 의하면, 테이트 선 교사를 파송한 것은 북장로교회가 아닌 보수적 남장로교회 로 돼 있다.

어떻든 조씨네의 첫 번째 장로가 그렇게 탄생했다1910년. 아버지는 집사를 거쳐 1921년에 장로가 된다.

조 의원의 종교는 이같이 태생적이다. 기독교 문화의 바 탕 위에서 성장하여 본인도 장차 장로에 장립將立되는 흔치 않은 예를 보인다. 유·소년 시절부터 신앙의 생활화가 자연스럽게 몸에 배기 마련이었고 그 중심에 아버지가 있었다. 그 아버지는 또 자식 닦달이 엔간히 심했다. 훗날의 그가 '어렸을 적의 우리는 농촌 일 중에 안 해본 것이 없었다'고 혀를 내두를 지경이었다.

집안 형편이 워낙 어려웠던 까닭이다. 고장의 태반이 '조덕삼 땅'이라고 할 만치 여유롭던 가세는 쉰 고개를 넘자마자 돌아가신 할아버지와 함께 온데간데없었다고 한다. 저간의 자초지종이야 어떻든 전주에서 미션스쿨인 신흥중학을 졸업하고 평양 숭실학교를 다니다가 북간도로 달아났던 아버지는, 돌아온 고향에서 앞이 캄캄했던 모양이다. 그래서도 스파르타식 교육으로 아이들을 단속하고 호된 노동을 시킬밖에 없었는지 모른다.

하지만 그런 날들의 회상을 '우리 조세형'은 개구쟁이 어투로 되돌아본다. 소년의 눈으로 훔친 아버지의 비밀을 살짝 귀띔하기도 한다. 조세형다운 여유 아니겠는가.

월간지 《샘이 깊은 물》에 기고했던 글1985년 4월호이 맞춤한 예다 싶어 몇 구절을 옮긴다. 제목은 '나의 아버지, 모악산 기슭의 그 독불장군'이다.

염소젖을 짤 때 뒷다리를 붙들고 앉아 있는 역할이 왜
내 담당이었는지는 지금도 참 이해할 수가 없다. 쉬파리
가 염소의 젖꼭지나 배때기 부분에 내려앉아 간지럼을
피우면 염소란 놈은 영락없이 뒷다리로 파리를 쫓다가
기껏 짜놓은 아버지의 젖 사발을 차 엎기 일쑤였다. 그
런 때에 염소가 보는 앞에서 내가 어떻게 묵사발이 되었
는지 굳이 얘기하지 않겠다.

그렇게 강하고 완고하게 보이던 당신께서 뜻밖에 약하
고 여린 일면을 지니기도 했음을 보여 주는 일화가 있
다. 아버지는 조그마한 시골 교회의 장로였으므로 사람
들 눈이 두려워서도 술은 입에도 댈 수 없는 노릇이었
다. 그러나 아버지는 해마다 독사주를 담가서는 보신하
는 데에 좋다고 하며 약으로 드시곤 했다. '이것은 술이
아니라 약이다.' 벽장 속에 숨겨 놓은 독사주를 한 잔 두
잔 따라 마시고 얼근하게 될 즈음엔 언제나 쏟아지는 어
머니의 힐난에 이렇게 둘러대시곤 하였다.

그의 아버지는 해방 후 국회의원 출마를 생각하기도 하고
일제 말기에는 동네 축구단까지 꾸렸다. 짚신에 새끼줄을
돌돌 말아 축구공 대신 '짚뽈'을 차는 마을대항전을 벌이는

등 매사에 적극적이었다. 그런데도 수를 제대로 누리지 못하고 불과 53세에 세상을 떴다. 할아버지도 그렇게 단명이었던 것을 생각하면 팔순에 가까운 본인의 생애가 상대적으로 긴 편인데 그만큼 초년 고생이 많았다. 두 어른의 빈자리가 고스란히 그의 부담으로 처진 때문이었다. 중학 3학년 때 벌써 중학교 준교사 자격증을 따 만약의 경우에 대비하고, 대학 3학년 무렵에 《평화신문》에 입사한 사연 역시 그런 집안 사정과 무관하지 않다.

다행히 역경을 잘 견뎠다. 아버지에게서 배운 검약 검소의 정신과 종교의 끈을 놓지 않고 처신의 근본으로 삼아 저 같은 일생을 옳게 이끌고 수습했다. '될성부른 나무는 떡잎부터 알아본다' 는 등속의 케케묵은 아포리즘을 떠나 불가피한 시련의 선용이었달까.

지독했던 이 땅의 당대적 굴곡 속에서 누구의 청소년 시절은 얼마나 편안했을까마는 그 역시 예외가 아니었다. 학업을 계속하면서 가족의 생계도 걱정하게 만든 고향은 꿈보다 의무를 더 요구했으며, 그는 생애를 통틀어 일된 가장의 의무가 안기는 부담에 늘 떨었다. 하지만 차차 타고난 곤경과도 익숙해졌다. 상실감을 용기로 가다듬어 주는 위무慰撫의 처소로 고향을 바꾸고자 노력했다.

정치 일선을 뛰다가 어떤 단안을 내리든가 심사숙고할 일
이 생길 때마다 자신을 키우고 북돋운 요람으로서의 '기역
자 교회'를 불원 육백 리 찾아갔다<small>서울서 금산리의 거리가 육백 리다</small>.

물론 아버지의 묵은 사고로 자신의 시대를 해석하고 대입
할 리 없다. '나는 아버지를 존경하지만 세상을 그렇게 단
정하고 살지는 않겠다'는 전제를 마음속에 굳히고 있었기
때문이다. 그것은 자기 탓이 아닌 세상 탓이며 아버지도 그
걸 이해해 주시리라 믿었다. 다만 자신의 태를 묻은 땅에서
문물의 근본을 나름대로 천착하고 길어 올리고자 애썼을
따름이다.

그 같은 생각의 한 지향으로 나는 그가 몹시 집착한 영어
공부를 주목한다. 조세형이라는 인물의 그 후를 바라보는
가늠자의 하나로 대단히 중요한 것이 곧 영어라고 유추하
는 까닭이다. 영어는 결국 그에게 단순한 처세의 기능만이
아니었다. 애초엔 유달리 강한 호기심에 들려 다가갔다가
영어야말로 바깥세상으로 눈을 돌릴 새 기제機制라는 사실
에 일찍 눈을 떴지 싶다.

141

 대학에 들어가자마자 6 · 25가 터지는 바람에 그는 인민 의용군 징발을 피해 숨어 살던 전주에서 9 · 28을 맞는다. 하다가 진주한 미군과 인민군 포로의 의사소통을 돕는다. 서로 말이 통하지 않아 절절 매는 걸 보고 어느 날 그들의 언어 소통을 우연히 거들은 것이다. 그러자 미군 장교가 무조건 지프를 타라고 했다. 통역을 계속 좀 해달라면서 부대의 주둔지인 북중학교 교사로 데리고 갔다. 신원 조회도 없이 군복을 입히고 권총까지 주었다. 미군으로서는 임시 변통이고 그로서는 난데없는 통역관이 탄생하는 순간이었다. 모교에서 배운 영어를 모교에 진을 친 미군을 위해 적절히 써먹은 게다.

 지프를 타고 나서면 절반가량은 거리에서 강제로 징집된 의용군들이 '이승만 박사 만세!'를 외치며 튀어 나왔다. 다투어 억울함을 호소하는 청년들의 운명이 '조 통역관'의 말 한마디에 따라 갈리는 경황을 한동안 겪는다. 형무소에 갔다가 유족들이 우물 속에서 시체를 꺼내는 것도 목격했다. 미군 부대가 다른 곳으로 이동하면서 함께 가자고 했지만 어머니가 죽어도 같이 죽겠다고 말렸다. 미군과의 동행을 거절하면서 권총과 옷을 반환하자 권총만 받고 군복은 돌려주더란다.

그의 영어 '광내기'는 여기서 그치지 않는다. 다음 해인 1951년 봄에는 김제여중金堤女中 영어 교사로 버젓이 취직을 한다. 여고女高도 같은 교사를 쓰는 6년제 학교였다. 대학 1학년 주제에 꿈도 야무진 셈이었으나 집안 사정이 어려워 용기를 냈다.

전라북도 지사실로 다짜고짜 김가전金嘉全 지사를 찾아 간청한 끝에 자리를 얻은 것이다. 김 지사는 전주고 교장을 지낸 목사님이신 데다 전부터 아는 처지였다. 아무리 그렇기로 뜬금없었다. 네가 무슨 선생을 하겠다는 거냐고 김 지사는 내쳤거늘, 중학교 영어 교사는 할 수 있을 것 같다는 그의 소신을 믿고 정식 발령을 내주었다. 당시엔 절차가 그다지 까다롭지 않았던 덕이다.

처음엔 1·2·3학년 위주로 열심히 가르쳤는데 총각 선생님이라는 이점까지 덤으로 얻어 인기가 높았다. 나중에는 5~6학년 쪽에서도 수업을 맡아 달라는 요청이 들어왔다. 상급반 학생의 나이는 그보다 불과 한 살 차이가 대부분인 데다 6학년 교실엔 연상의 여학생마저 있었다.

고등학교의 까까머리도 미처 자라지 않은 풋내기 선생은

143

자칫 깔보기 쉬웠으므로 그들에게 얕보이지 않기 위해서는 특단의 방법이 필요한 마당이었다. 그것도 첫 시간에 무언가를 보여 줘야 한다고 골똘히 묘수를 생각했다.

단시간에 자기를 인정받기 위한 수업 내용을 이리저리 궁리하다가 존 키츠의 시 〈투 더 쿠크버드To the Cukoobird〉를 암송하여 칠판에 옮겨 쓰는 교안敎案을 짰다. 김철순, 유재영, 노재민 등의 서울대 동문이 아이디어를 내고 그가 그대로 실천한 것이다.

효과는 직방이고 학생들의 감탄이 파도타기 응원처럼 교내에 차츰 퍼졌다. 천재가 왔다고 야단들이었다. 책도 보지 않고 꽤 긴 시를 칠판에 가득 쓴 조세형 교사는 이윽고 목청을 가다듬어 좌좍 낭송했음에 틀림없다. 마차집 아들로 태어나 의사 시험에 합격하고도 시인의 길로 들어선 키츠가 영국의 낭만파를 대표한달지, 스물다섯에 요절한 내력 등을 안타깝게 설명했을 터이다.

죽고 사는 전쟁의 소용돌이를 막 벗어난 여고생들의 감동이 어지간히 컸을 것 아닌가. 파격적인 수업과 좀처럼 대하지 못했던 영시 강독의 놀라움을 아울러 짐작할 만하다.

그로서는 일종의 '기획 수업' 효과를 톡톡히 본 셈인데 중고등학교 적부터 공력을 기울이지 않고는 기대하기 힘든 성과다. 그가 전주북중학교에 들어갔을 때[1943년]는 영어를 거의 접하지 못했다. 해방과 더불어 망명을 하거나 학병을 갔다가 돌아온 선배 교사들을 통해 뒤늦게 배웠다고 한다. 따라서 '나의 영어 학습 역사는 우리 근대사의 곡절만큼이나 기구하고 복잡하다'고 했던 본인의 사뭇 비장한(?) 회상이 그럴싸하다.

별명이 '말대가리'인 일본인 영어 교사의 발음은 엉터리였다. 그가 일본으로 돌아간 뒤 우리의 영어를 맡은 분은 김종철 선생님이었는데, 김 선생의 영어 시간은 모든 혼백이 쏟아지는 정열의 시간이라 해도 과언이 아니었다. 따라가는 우리의 공부 솜씨가 느리거나 답답하면 스스로 폭폭하여 교단에서 엉엉 우신 적이 몇 번인지 모른다. 3학년 때던가. 이른바 'Subjunctve mood', 즉 가정법을 가르치면서 예문으로 든, 'If I were a bird, I would have flown to you' 문장을 수백 번도 더 선생님을 따라 암송했던 것 같다. 구문법과 단어 외우기를 비롯한 온갖 기초 지식을 철저히 교육 받았으며, 내가 지금 활용하고 있는 영어의 70~80%는 이때 김종철 선생 밑에서 다듬었다고 해도 지나치지 않다.

그만한 바탕을 밑천 삼아 미군의 통역 노릇을 감당하고, 여학교 영어 교사를 근 3년이나 계속할 수 있었다. 《한국일보》를 떠나 《경향신문》으로 갔다가 다시 《한국일보》 워싱턴 특파원으로 복귀한 것도 자신의 영어 구사력을 웬만큼 믿었기 때문이다. 장기영 사주는 워싱턴, 파리, 도쿄 가운데 하나를 고르라면서 은근히 도쿄 특파원을 권했으나 그는 장래성 등을 감안하여 서슴없이 워싱턴을 택했다.

아니 그보다 훨씬 전인 1957년 정월, 그를 포함한 11명의 20대 기자들이 미국 국무성 초청으로 노스웨스턴대 언론대학원으로 1년 연수를 갔을 때도 영어가 결정적인 역할을 했다. 영어 시험에 합격하지 않으면 갈 수 없는 조건도 조건이려니와, 그렇게 떠난 현지에서 그들은 한국 언론의 미래를 놓고 줄창 토론을 거듭한다. 관훈클럽의 기초를 그때 다진 셈이다. 견강부회의 혐의를 무릅쓰고 말하건대 영어로 불을 당긴 언론 개혁의 실마리를 거기서 찾을 수도 있다.

그때 그린 관훈클럽의 투시도는 서울에서 확대 개편되어 한국 언론사에 큰 획을 그었거늘, 언론 종사자들의 의식 또한 이 무렵을 분수령으로 서서히 바뀌었다.

종전의 지사형志士型 기자 대신 미국 언론에서 벤치마킹한 합리적 기자상 선호 경향에, 국제적 안목을 넓히려는 노력이 왕성해졌다고 본다. 관훈클럽 멤버 자격을 20~30대의 젊은 층으로 하되, 토론 수준을 유지하기 위해 영어 해독이 가능한 사람으로 하자는 양해 사항이 한 예다. 그만한 함의 含意가 그 속에 벌써 있었다.

| 4 |

1953년 가을 《평화신문》 견습기자 시험에 합격하면서 시작된 그의 언론 생활은 그후 《합동통신》 《조선일보》 《민국일보》 《한국일보》 《경향신문》, 다시 《한국일보》를 차례차례 거친다.

《민국일보》 때까지는 각각 정치부 기자, 차장, 부장을 역임하다가 《한국일보》는 외신부장으로 들어간다. 정치부를 원했으나 '당신은 위험 인물이니까 정치부로 가면 또 감옥 간다'고 장기영 사장이 극구 말렸기 때문이다. 《민국일보》 정치부장 때 5 · 16 군사 정권의 포고령 위반으로 두 달 동안 옥살이 한 사실을 두고 한 말이었다. 그래서 4년 후에는 다시 《경향신문》 편집부국장으로 자리를 옮겼다. 정치 취재에 대한 향수와 신문 제작에 직접 참여하기 위해서였다. 그 뜻을 장 사장에게 전하자 장 사장은 웃으면서 '잘 다녀

오시오'라고 말했다. 실제로 그는 3년 반 만에 재차 《한국
일보》로 돌아간다.

정치에 대한 그의 집념은 하여간 뿌리가 깊다. 막연하게
나마 어려서부터 정치 같은 공적公的인 일을 하는 게 소원이
었다. 대학도 정치과를 지원하고 싶었으나 자신이 없어 차
선책으로 독문과를 택했다면서 두고두고 후회했다.

언젠가는 정치가로 나설 꿍꿍이셈을 그때부터 키웠나 보
다. 그렇다면 훗날에 이르러 객관적으로 정치를 취재하다
가 주체적으로 정치를 하는 쪽으로 처지를 확 바꾼 이유를
세세히 캘 것이 없다. 그 시점에서는 초지일관의 꿈을 가슴
깊이 묻어 두는 것으로 족했을 테니.

여담이 되겠지만 그의 책상머리에 놓인 작은 바위 한 덩
이에는 자신의 건강 비법인 '육언육훈六言六訓'이 새겨져 있
었다고 들었다. 원불교 종법대사인 대산大山 스님이 직접 써
주신 것이다.

우선 '육언'을 보자.

'되도록 많이 움직이고, 조용한 시간을 많이 가지며, 많이
접촉하고, 많이 잊고, 많이 개방하며, 많은 활력을 지니도
록 한다多動, 多靜, 多接, 多忘, 多放, 多活'.

웅숭깊은 뜻이야 따로 있겠지만 나 같은 자가 해석하기로

는 정치인 조세형의 성격에 딱이다. 신문기자 이전 이후를
막론하고 그는 많이 움직이고 사람 만나기를 좋아했다. 무
척 개방적인 데다 늘 활력에 넘쳤다. 사이사이에 조용한 시
간을 갖고 잊을 건 잊는 것도 나쁘지 않으리라. 나머지 '육
훈'은 건강 증진을 위한 섭생에 치중한 까닭에 그만 생략하
려니와, 요컨대 그의 정계 진출은 오래 축적된 경험과 일찍
품은 의지의 자연스런 귀결이라고 믿는다.

　그토록 정치에 대한 뜻이 강했던 까닭에 워싱턴 특파원
시절에도 중간에 일시 귀국하여 형편을 살폈다. 8대 국회의
원 선거를 앞둔 때였다.

　맨 먼저 장기영《한국일보》사주를 만나 의향을 밝힌다.
야당으로 국회에 나가고 싶다, 지역구는 기반이 없으므로
비례대표로 정치 입문의 길을 열 수밖에 없다는 말에 장 사
장은 매우 호의적이었다. 비례대표는 돈이 든다면서 5천만
원은 책임지겠다고 격려했다.

　5천만 원만 보태면 되겠구나 여긴 그는 곧 신민당을 찾는
다. 김대중 대통령 후보는 공천권을 가진 유진산 당수에게
가 보라고 일렀다. 유 당수는 여지없이 거절했다. 그의 낙
담이 눈에 선하다.

지금 생각하면 내가 유진산 당수에게 김대중 후보를 너무 판 것이 더 안 좋았을 법하다. 김대중 씨는 신파요, 유진산 씨는 구파인 데다, 바로 얼마 전에 대통령 후보로 김영삼 씨를 지명한 처지여서 김대중 씨의 후보 당선은 유진산 씨한테 곤혹스러운 사건이었다. 둘 사이는 심한 경쟁 심리가 있었다.

당시를 되돌아보는 아래와 같은 그의 말이 그리고 뜻밖이다. 많은 생각을 하게 만든다.

"돈이 부족했던 탓도 있지만 정치부 기자 출신으로도 실감 있게 못 느꼈던 파벌과 개인 간의 라이벌리즘 틈바구니에서 후보를 따내겠다고 한 내 욕심이 빗나간 것 같다."

돈 얘기가 나왔으니 말인데 그는 국회의원이 된 다음에도 노상 돈에 쪼들렸다. 가진 재물이 없으면 돈을 만드는 재주라도 있어야 할 텐데 영 젬병이었다. 야당 처지에 하물며 어려운 일이었다.

가난에 단련된 몸이기는 했다. 어머니 홀로 가정을 떠메던 시절에는 대학 진학을 포기하고 중학교 선생이나 할까 고민했으나 오직 자기 하나만 믿고 인생을 걸다시피 사는 어머

니의 강권으로 겨우 용기를 얻었다. 중학 졸업 때는 수학여
행도, 졸업 앨범도 돈이 없어 사지 못할 지경이었으니까.

현역 기자가 된 다음에도 돈에 쪼들리기는 매일반이었
다. 《평화신문》 월급이 특히 박했다. 쌀 다섯 말 값밖에 되
지 않아 중국집 호떡 두어 개로 점심을 때우거나, 정당 원
내총무실에서 나눠 주는 식권으로 국밥을 먹기도 했다. 그
런 상황이었으므로 60년대 후반 《한국일보》 장 사장이 '기
자 월급을 쌀 3가마 수준으로 올리겠다' 는 공언이 크게 돋
보일 만했다.

| 5 |

신문기자는 문자 그대로 글을 쓰는 직업이다. 물론 문장
가일 필요는 없다. 빠르고 정확하게 사실을 전달하기 위한
수단일 따름인데 조세형은 또래의 누구보다 신문 외적인
글을 많이 썼다. 언론에 관한 것은 물론 정치를 하면서 얻
은 생각과 주장을 책으로 엮었다. 의무적으로 펴냈다기보
다는 스스로 좋아하고 글을 다루는 솜씨가 출중했기 때문
에 가능한 일이었다.

6년간 특파원 생활을 마치고 돌아온 지 2년 후에 《워싱턴

특파원》1976년을 냈거니와 그때까지는 이런 책이 없어 선구자 구실을 했다. 지금 읽어도 내용이 쉽고 알차 읽을 맛이 난다.

　베트남전이 한참이던 미국의 정치·관료·외교·인물·사회상 등에 대한 보고서 성격이되 신문이나 시사성을 배제한 보편적 메커니즘을 깊이 살피려 들었다. 직접 보고 듣고 체험한 사실에, 60권의 수첩과 상당 분량의 자료를 보태려고 했으나 그것마저 거진 다 쓰레기로 버린 채 대부분을 새로 썼다.

　《시카고 트리뷴》의 백악관 전담 기자 알도 베르그만은 장

문의 기고를 통해 그의 '높은 지성' 과 '빈틈없는 치밀성' 을
추어올렸다. 원고가 늦는 바람에 책에는 실리지 못한, 보스
턴에 있는《헤럴드 아메리칸》의 워싱턴 특파원 웬 우드리프
의 발문이 또 색다르다. '위트에 넘친 회화' 를 먼저 들고,
'조세형 씨 같이 능력 있는 사람에게는 1970년대의 워싱턴
이 가장 알맞은 도시' 라고 말했다.

《워싱턴 특파원》으로 물꼬를 튼 그의 저서 출판은《한국
과 지미 카터》1979년,《1980년대》1980년,《사회 제3세력》1980년·
역서,《힘의 정치 민주의 정치》1987년,《개혁의 문은 열리는가》
1992년 등으로 맥을 잇는다. 어지간히 부지런하지 않고는 엄
을 내기 어려운 작업이요 성과다. 자기 직능에 대한 충성을
실천의 장場에서 획득하고 터득한 사실에 입각하여 새롭게
전망을 트고자 애썼다. 공리공론을 떠나 발과 손과 머리로
자기 느낌을 정리한 것이기 때문에 말이 겉돌지 않는다. 내
용이 실팍하다.

어쩌면 그의 쓰기 잘하고 조리 세우기 좋아하는 성향이,
앞에서 언급한 대로 플러스알파 역할을 했다고는 보기 어
렵다. 특히 중도에 정치인으로 전신한 그에게는 도리어 감
점으로 작용했을 수도 있다. 장점은 장점인데 기왕의 한국
적 정치 현실에서는 손해일지도 모른다는 느낌은 어쩔 수

없다.

들은풍월로나 그쪽 사정을 유추하는 내 주제에 할 소리가 아닌 줄 알지만, 다 늦게 정치판에 뛰어든 그가 특정 정당에서 평생을 보낸 이들과 동지의 유대를 맺고 겨루는 과정이 어찌 수월하겠는가. 가신家臣이니 계파니 하는 짝짓기 행렬에 끼지 못한 '무관의 제왕' 출신으로는 불감당의 곤경을 숱하게 견뎠으리라.

곁에서 보기에도 딱한 경우가 종종 있었는데, 그거야 애초에 야당 입당을 마음먹는 순간부터 이미 각오했을 테다. 수많은 언론인들이 정부 여당으로 몰리던 무렵이다. '자고 나도 사막의 길……' 이라는 유행가 가사를 '가도 가도 야당의 길……' 로 바꿔 부를 정도로 험한 야당의 길을 택했으니까.

정치적 야심인들 없었을까. 정치부 기자로 쌓은 전력에 기대어 본때 있게 민주 정치를 펴려는 의도를 간직하고 있었다고 짐작한다. 그는 언젠가 한탄했다.

1950년대 말 이승만 장기 집권하의 선거 때, 어느 시골 할머니에게 한 기자가 물었다. '이번에도 이승만 박사가 또 당선될 것 같으냐'고 하자 할머니가 서슴없이 대답했

다. '아이고, 산 임금님을 어떻게 간다요' 라고. 임금은
죽어야만 정권을 내놓는다고 믿는 것이 우리 역사의 실
상이었다.

  그리고 미구에 터진 2 · 4 파동 때는 기자로서 할 짓이 아
닌 짓을 다 같이 한다. 국회의사당^{세종문화회관 별관} 2층 발코니
에 있던 기자들이 일제히 일어서서 아래층 무술 경위와 자
유당 의석을 향해 고함 지르고 규탄하고 울부짖은 것이다.
어떤 기자는 너무 흥분한 나머지 2층에서 뛰어내리려는 걸
동료들이 가까스로 말렸다. 취재는 뒷전이었다. 그러지 않
고는 못 배길 순간이었다고 한다. 지금은 어떤가.

  어디에 있건 조세형은 가만히 앉아 세월을 까먹지 않고
적극 일을 추리고 꾸몄다. 1957년 8월 〈관훈클럽〉 회지 1호
에 권두언을 쓰고, 그걸 발전시킨 〈신문연구〉^{59년 12월}의 창간
사를 쓴 것도 그랬다. 이 권두언은 지금도 계속 게재되고
있으며, 1987년 이래 유명해진 관훈클럽 토론회 역시 그가
총무 시절에 창안한 것이다. 그는 두 차례 총무를 지냈다.

  국회의원직을 박탈 당하자 호구지책을 겸해 출판사 창인
사(創人社)를 설립하고 월간지 《스크린》을 만들었다. 현역을 떠
난 상황에서 설립한 '정경연구소'는 오늘도 건재하다.

정작 조세형의 정치 세계를 광범위하게 추적하여 깊이 설명하고 평가하느니보다 작은 언행을 나열하고 들춘 감이 있다. 변죽만 울리다 만 격이거늘 나로서는 도리가 없다. 분수에 넘치도록 그의 행적이 엄청난 데다, 그 부분은 함께 현장을 지킨 분들이 훨씬 잘 알고 실감나게 쓰리라 믿는 까닭이다. 본인의 자서전과 겹칠 우려마저 있어 그의 거대한 일생을 부분적으로 벌충하는 수준에 자족할 따름이다.

서동구 형과 셋이서 자주 어울린 날들이 새삼 떠오른다. 온 세상 나라들을 돌아다니며 별별 음식을 맛보았으련만, 항상 보글보글 끓는 된장 뚝배기를 좋아하던 그의 식성과 함께. | 2010 |

김소운 문학의 슬픔과 성취

40여 년 전1965년(?) 가을의 어느 날로 기억한
다. 신문사에서 한창 일을 보던 나는 김소운
이라는 손님이 찾아왔다는 경비과 직원의 구내 전화
를 받고 현관으로 내려갔다.

'김소운 김소운, 그 양반이 왜 뜻밖에? 아직 일본에 있는
줄로 아는데……'

한 번도 뵌 적이 없는 큰 이름의 돌연한 내방이 한편 믿기
지 않았다. 3층에서 1층까지 계단을 굽이도는 사이에 동명
이인의 싱거운 착각을 마음에 둘 만큼 긴가민가했다.

"나 김소운입니다."

출입문 옆 장의자의 노신사를 얼른 속어림하고 말고 할

것이 없었다. 미적미적 다가가자마자 떨어진 굵은 음성이 대뜸 시원스러웠다. 단장을 짚었던가. 테 굵은 안경서껀 불콰한 파안破顔이 언뜻 임의로워 낯설지 않았다. 책이며 신문 등에서 익힌 모습 그대로였다.

김소운

어쩐 일로 걸음을 하셨느냐고 묻기 전에 밝힌 용건이 간단명료했다. 내가 《사상계》에 쓴 〈목근통신木槿通信〉 얘기가 고마워 인사차 들렀다는 것이다.

"동경에서 읽었습니다. 서울 가면 꼭 심방해야겠다 작정했어요."

"언제 오셨습니까."

"엊그제. 며칠 안 돼요."

많이 놀랐다.

내 글 쪼가리에 대한 치렛말 하나 건네자고 먼 길을 일삼아 찾아 나서다니. 사사로운 일이어서 입에 담기 한층 남세스럽지만 싸한 감정에 젖지 않고는 못 배길 노릇이었다.

〈목근통신〉은 더구나 1951년에 나왔다. 그 후 책자로 학교 교재로 널리 퍼져, 당신 자신조차 '쓰는 보람을 가장 떳떳이 안겨 주었던 글'이라고 했다. 따라서 다 늦게 여차약

차 끼적거린 것이 조금도 대수로울 게 없을 텐데 묵은 숙제
를 풀듯 기어이 사의를 전하고 으슬으슬 찬바람이 도는 거
리로 발길을 돌렸다.

그게 인연이 되어 수유동 댁으로 부부 동반의 저녁 초대
를 몇 차례 받았다. 추사秋史 아닌 동사冬史체를 자칭하는 붓
글씨로 '어수원魚睡園' 당호를 현판으로 건 집이었다. 낄 때
마다 기증해 주신 책이 또 암만이다.

그처럼 경위 밝은 행보가 소운에겐 예사였던 모양이다.
요새 말로 바꾸면 보수적 처신이 되는가. 타고난 결질潔疾인
가. 도쿄대학의 하가 도루 교수가 훗날 쓴 추도사 '아 김소
운 선생'에도 나온다.

> 1978년 초가을이었을 게다. 선생은 오랜만의 일본 나들
> 이를 앞두고 미리 편지를 주신 데다 우정 집에까지 찾아
> 오셨다. 두둑한 몸집에 지팡이를 짚고 삽상히 나타난 시
> 인 김소운—그것이 나와 선생의 첫 대면이었다. 내가 선
> 생의 평론집《일본이라는 이름의 기차》를 읽고 서평1974
> 년을 쓴 데 대한 답례였다. 선물로 들고 오신 크고 아름
> 다운 백자병가 꽤 무거웠을 터이다도쿄대학,《비교문학연구》,
> 1982.

　사소한 연고를 들어 헐거운 사설의 물꼬를 트는 시간이 거듭 객쩍다. 다만 상기한다. 시로 출발한 김소운 문학의 다양한 성취와 도전적 글쓰기는 그같이 네모 반듯한 성깔과도 관계가 있다는 것을 말하고 싶다. 꺼림하게 대하는 눈이 가나오나 많아 소소한 호의에도 일일이 예를 갖췄을지 모른다.

　그의 1965년은 하물며 특별한 연도다. '설화舌禍사건' 으로 일본에 볼모 잡힌 14년이 풀린 해였기 때문이다. 1952년 9

월, 유네스코 주최 국제예술가회의 참가차 도쿄 경유 베니스를 가다가 겪은 불상사다. 《아사히신문》 문화부 기자 사카이 쇼이치와의 인터뷰 기사 〈한국의 최근 사정〉 가운데 한 대목^{한국은 지옥, 일본은 천국} 이 빌미되어 '신앙처럼 섬긴 향토와 조국'에서 밀려났다. 비유를 사실로 단정한 거두절미 보도 탓이다.

반납 당한 여권이 다시 나오기까지의 긴긴 무국적자 생활이 힘들었다. 삶의 중동을 왕창 까뭉갠 세월로 참담했는데, 소운의 평생은 그 이전 이후에 걸쳐 항상 녹록하지 않았다. 어느 하가에 신간 편할 날 없이, 태어나서 외로운 숙명을 내내 끼고 살았다.

대한제국 탁지부 관리였던 아버지가 을사늑약 와중에 동포의 총탄에 쓰러지고 어머니마저 미구에 러시아로 떠난 유년이 벌써 가족적 디아스포라의 전조^{前兆}였던 셈이다.

여덟 살 때 '엄마 찾아 삼천 리' 격인 모정에의 길을 떠난다. 국경도 넘지 못했다. 못 이룰 꿈을 평안북도 남포에서 접고, 탯줄 묻은 영도^{影島}에서 진해로 김해로 소학교를 전전하다가 열세 살에 오사카행 석탄 배를 탄다.

본인의 술회마따나 차표 없이 맨발로 걸은 그의 인생 행로는 돌아온 조국에서 쓴 회상록 제목을 '역려기^{逆旅記}'로 달

만큼 표박漂泊과 비분으로 시종 고달팠다.

그러나 그것이 곧 김소운 문학의 힘이자 끈기의 원천이었다면 어쩔 텐가. 처음도 혼자요 숨이 끊어질 적에도 혼자였던 문사의 당찬 기백으로 인생파적 글쓰기를 고집하며 배산임수의 곤경을 뚫고 30여 권의 책을 생산했다. 한 번도 졸업장을 받아보지 못한 '도서관대학' 출신의 익살을 떨며 태생적 페이소스를 파토스로 격상시켰다.

청년 김소운의 이름이 일본 문단과 독서계에 알려지기 시작한 것은 일어로 번역된 《조선민요집》 간행 이후다. 뒤이어 《조선동요선》1933, 《조선시집》1943을 냈다. 대표적인 책을 들자면 그럴 따름, 중간에 속속 선보인 기타 등등의 저작과 역서가 부지기수다.

《조선민요집》은 《지상낙원》이라는 잡지에 연재했던 〈조선의 농민가요〉가 토대였으며 나중엔 《조선민요선》으로 이름을 바꾼다. 《조선시집》은 3년 먼저 나온 역시집 《지지이로노 구모젖빛 구름》를 보충한 것으로 전기·중기 두 권으로 나뉜다. 하기下期는 전쟁 말기의 시국 탓에 빛을 보지 못했다.

개중에 특기할 것이 언문판諺文版 《조선구전민요집》1933이다. 서울로 귀국, 《매일신보》 학예부 기자로 일하면서

1929~1931 독자들의 도움을 받아 가며 채집한 민요 3천 수首를
도쿄로 들고 가 꾸민 것이다. 일본 '가나'는 한 자도 넣지
않았다. 국판 680면의 방대한 책이라고 했는데 나는 보지
못했다. 모자라는 한글 자모字母를 그때그때 주조하여 내 나
라에서 이루지 못한 꿈을 남의 나라에서 성취했다는 소운
의 후일담을 읽었을 따름이다.

기획→채집→정리에 걸린 연월이 그러구러 9년. 오랜 노
력의 결과에 대한 경제적 대가는 하세가와 제일서방第一書房
사장이 인세 아닌 전별餞別로 준 50원 봉투 한 장. 그러나 정
신적 득달이랄까 앙양은 엄청났던 모양이다. 백만금에 비
할 바 아니라고 토로했다. 그 감격 짐작하고도 남는다.

함에도 불구하고 나는 째째하게 당시의 50원이 어느 정도
의 가치인가를 따로 알아보았다. 신문기자의 한 달 치 월급
으로 딱이었다. 은행원 월수 70원과는 20원이 층하 졌다.
노동 시간은 기자가 하루에 10~16시간이고, 은행원은
8~9시간인데 말이다. 천정환,《근대의 책읽기》, '1930년대 도시생활자의 생계비와
노동시간〈표15〉

소운은 아무튼 초기의 이 같은 저술로 일약 내외의 주목
을 끌거니와 글로 묘사한 본인의 그 시절 회상은 막상 우울
하기 짝 없다. 학벌도 자력도 없는 20세 초입의 백면서생이

163

향토에 대한 걷잡지 못할 그리움으로 타국 땅에서 책 한 권을 내기까지의 고생스런 작업은 구구하게 설명할 것이 없다고 했다. 그런데 다시 찾은 조국에서는 전혀 뜻하지 않았던 반응이 자기를 기다리고 있었다는 게다. 맨 처음에 나온 《조선민요집》을 놓고 한 말인데 '이 나라 풍토에서는 일찍 남의 눈에 뙬수록 이익보다 손실이 많다' 는 소리를 그의 글을 통해 대하는 기분이 참 언짢다. 우리 귀에 익숙한 개탄이다. 민족성과 관련시키고 고향에서 왕따 당하기 쉬운 선지자 운운의 아포리즘마저 떠올리게 만든다. 소운을 쳐다보는 눈길엔 일본이라는 프리즘이 으레 끼어 있었기 때문이리라. 여러 가지 예 가운데 하나를 든다.

> 일본문학에 관심을 갖는, 일본말로 글이라도 써보겠다는 젊은 친구들은 십중팔구 이유 없이 적이 되었다. 차 한 잔 같이 나눈 일이 없는 얼굴 모르는 그런 인물들이 다방 같은 데서 나를 기다렸다가 일부러 까다로운 일어 한마디를 핀셋으로 집어내어 '이게 무슨 의미냐?' 고 내게 묻는다. 필요해서 알자고 묻는 것이 아니요, '김소운의 일본말도 대단치는 않군' 하는 냉소와 통쾌감을 미리 예비한 함정이다.

'늙어 죽을 놈들! 언제 내가 일본말의 백화점을 차렸더란 말인가……'

동경 시모오찌아이下落合의 하숙방. 10전짜리 동전 한 닢을 넣으면 가스스토브에 불이 댕겨지던 싸늘한 2층 방에서 눈시울을 적시며《조선동요선》岩波文庫의 서문을 쓰던 40년 전의 그날 밤을 나는 잊지 못한다 '어둡고 긴 터널'. 수필집《밑 없는 항아리》, 1971. 6월.

'늙어 죽을 놈' 이 웃겼다. 욕은 분명 욕이다. 하지만 욕치고는 해학적 기미와 함께 심히 부드러운데, 대단한 반향이 다른 한편에 물론 있었다. '그 당시 태풍처럼 나타나 평필을 휘두르던 정호풍鄭芦風 씨' 김소운의 말가《동아일보》학예란에 연 사흘을 두고 격찬하는 글을 실었다. 그렇다고 본인은 별달리 우쭐할 것이 없었다고 한다. 민요는 자신과 겨레를 연결하는 가장 가까운 지름길이요 분출이되 '번역은 한갓 여기일 뿐, 내가 지향하는 길이 아니었기 때문' 이란다.

당자의 그만한 입지야 어떻든 일어 번역을 뺀 김소운을 상상하기는 어렵다. 애초에 자임한 포의서생布衣書生의 초장을 화려하게 받쳐 준 것이 번역서인 까닭이다.《조선동요선》과《조선민요선》의 이와나미문고 편입이 특히 그랬다.

한 해에 두 책이 거푸 채택되면서 돌출의 젊은 지명도를 아주 일찍 누렸다.

그것은 가령 한 후배의 취직을 성사시키는 단서 구실을 한다. 얼굴조차 모르는 오분샤旺文社 편집장에게 무작정 전화를 걸어 청탁을 하되, 자신이 누구인가를 설명할 방도가 딱히 없어 이와나미에서 책을 두어 권 낸 아무개임을 대자 금방 알아보았다. 편집장은 나도 당신 책을 갖고 있노라 반색을 하면서 머잖아 부탁을 들어줬다.

'이와나미라는 인생 패스포트' 덕이라고 소운은 눙쳤거늘, 그는 《조선동요선》과 《조선민요선》을 낼 때도 그와 같은 '다이아다리몸으로 직접 부딪는' 전법을 썼다. 다른 출판사에서 퇴짜 맞은 원고 뭉치를 겨드랑이에 끼고 길을 가다가 가장 권위 있는 출판사 '이와나미서점'을 얼핏 생각해 냈다. 숙소로 돌아갈 전차비 21전을 제하고 5전짜리 백동전 한 닢이 남는 계산이 섰다. 전화 한 통화 값이다. 당장 공중전화 번호판을 돌렸다. 안 되면 일본에서는 두 번 다시 책을 낼 생각을 말자고 다짐하면서.

전화로 이와나미 사장과 주고받은 말은 복원해서 무엇하리. 모처럼 맛본 해피엔드. 소운다운 단독 비행의 연착륙을 상상하면 그만이다.

다만 덧붙인다. 길거리 사주쟁이 심정으로 오늘의 우리네
생활 속엔들 그처럼 조마조마한 시간이 없을까 어림하며,
그가 '어둡고 긴 터널'에서 혼자 구시렁거리듯 보탠 말을.

"그날 내 포켓에 5전 백동 한 닢이 남지 않았던들…… 그
런 아슬아슬한 고비를 인생을 통해서 한두 번 겪은 것은 아
니지만……."

소운은 또 문화 일본의 3대 상징으로 도쿄대학, 《아사히
신문》, 이와나미서점을 꼽았다. 그런 통념이 그때는 분명
있었다 이와나미문고판 《조선시집》은 1954년에 나왔다.

자잘한 군소리 거두고, 문학적으로는 《조선시집》이 제일
두드러진다. 소운에 관한 많지 않은 평설이나 논의도 거지
반 이 역서에 집중되는데 나는 따로 의견을 첨가하거나 거
들 엄두를 못 낸다. 번역한 실물을 못 본 탓이다. 접했다 한
들 시를 잘 몰라 뒷전에서 주워들은 이야기의 낙수나 챙길
밖에 없다.

《조선시집》 이전인 스무 살짜리 소운의 도쿄 거처 근방에
하기와라 사쿠타로, 기타하라 하쿠슈 집이 있었다든가, 어
느 날 밤 그가 '조선민요집' 초고를 들고 기타하라네 문을
두드렸다는 '정보 崔博光 '김소운 선생 그 생애의 소묘' 《비교문학 연구 41》, 1982'
에 이를테면 더 귀가 솔깃했다.

'스바라시이 조선의 시심詩心'에 놀란 하쿠슈는 곧 '김소운 소개의 밤'을 열어 그를 일본 문단에 알린다. 그로부터 10여 년 후에 등장한 《조선시집》은 소운의 진면목을 가감 없이 드러낸다. 조선 현대시 최초의 역시집으로 주목 받았다. 유려한 역필의 과도한 일탈에 이의를 제기하는 견해 또한 없지 않았다.

유종호柳宗鎬 교수의 《조선시집 읽기》최정호 화갑기념 사화집《말의 만남 만남의 말》, 1993 나남. 도 그렇다.

《조선시집》을 정독한 소득도 많았지만 원시原詩와의 거리에 대해서는 전혀 고려하지 않고, 번역자의 '시적 허용'에 너무 의존한 실상을 꼼꼼히 검토했다. 스무 쪽이 훨씬 넘는 장문의 지적이 전례없이 놀랍고 타당하다. 우리 문학 유산을 외국에 전파하려고 하는 시도는 '그것이 어느 나라 말로 이루어지든 쓸 만한 노력이고 경의에 값하는 것'이라는 맺음말 또한 웅숭깊다.

일본말 번역에 대한 소운 나름의 기본 자세가 왜 없을라구. 《현대문학》 1967년 1월호 별책에 쓴 〈역시譯詩 유죄〉에서 곧이곧대로 자기 생각을 밝혔다. 요컨대 시를 남의 말로 옮긴다는 그 무모無謀 자체가 벌써 하나의 도살 행위라고 단언했다. 솜씨 있게 잘되었다는 번역시도 기실은 원시의 4분의 1을 재현시켰다는 것이 에누리 없는 성과라고 말이다.

자신의 역시 중에는 그러므로 원작자에게 미안할 정도로 어귀가 달라진 것이 많아 '이 기회에 진사와 참회를 표명해 둔다'고도 했다.

번역하기 쉬운 건 공초空超의 시요, 어려운 것은 육사陸史나 소월素月의 시라는 예를 아울러 들었다. "'아름 따다 가실 길에 뿌리오리다'나, '사뿐히 즈려 밟고 가시옵소서' 어감을 옮길 버케뷸러리가 내 주제로는 찾을 길 없어" 이와나미문고에서는 뺐다면서.

이하윤異河潤의 시 〈무연총無緣塚〉과 박용철朴龍喆의 〈고향〉 번역을 놓고 일본 역사학자 도오마 세이타와 논쟁을 벌일 때의 기개와 많이 다르다. 그러나 수많은 수필에서 보인 그의 콧대는 계속 높고 뻣뻣하다.

정작 소운 자신은 수필가를 자처하지 않았다. 붓대를 손에 쥔 지 50여 년이 되도록 단 한 번 산천 경개나 연애, 또는 설월화雪月花의 운치를 두고 글을 다룬 적이 없어 그렇다는 것이다. 그런 글을 경시한다는 뜻이 아니라, 그만한 시정詩情에 한눈 팔 겨를 없이 스스로를 모르모트 삼아 인간을 썼다는 얘기다. 구름이 흘러가듯 바람이 스치듯 담담한 글발에서 부지불식간에 인생을 생각케 하는 것이 정통 수필이지, 부질없는 인간에의 관심이나 목적의식을 달고 다니는 글이 수필일 수는 없다고 딴전을 피웠다〈兎糞雜記〉 1975 · 5월.

잘 알면서 일부러 수필의 딴 세계를 판 폭인가. 자기주장이 드세고 중복이 잦아 다소 번거로운, 열 권도 훨씬 넘는 그의 수필집은 아닌 게 아니라 사람의 체취로 물씬거린다. 그 점이 역으로 독특하다. 주로 먹물 먹은 이들을 점고點考 묘사하는 과정에 독자가 전수 받는 감동, 비감, 혐오, 연민, 가난, 고향이 끈적끈적 유난스럽다. 조선말, 일본말, 민족, 역사, 조국으로 생각이 번지는가 하자, 자기한테서 빌린 돈 5원을 갚기 위해 눈 오는 한밤의 십 리 길을 마다하지 않은, 스승 같은 조명희趙明熙 시인을 보고 감읍을 삼킨다. 거대 담론과 사람 이야기가 간단없이 그토록 밀접하게 전개된다.

편견이나 블러핑은 여하간, 직정直情의 실제 상황이 집필자를 중심축으로 절절히 만화경을 이룬다. 콩트conte성 삽화로 읽어도 되는 까닭에 얼레! 별스런 글쓰기도 있네, 재미지다.

바탕에 흐르는 일본 이미지야 어쩔 수 없다. 그걸 입증하듯, '내 나라와 남의 나라로 생리를 양분해서 살아온 인생'의 여러 곡절이 그의 산문에는 어지간하다. 책 내용이 무엇

170

이건 일본글로 지었다는 선입견으로 자기를 바라보는 시각에 비애를 느끼는 심사가 예컨대 그렇다.

그런 시선은 '야마모토 이소로쿠 추도시〈매일신보〉, 1943, 6 · 8'로 요약되는, 그에 관한 친일 비판과도 무관하지 않을 터이다. 하지만 일단 활자화된 사실이 어디 가겠는가. 찍힌 글자대로 기록하는 것이 당연하지만, 산술적인 비교를 넘어 압도적인, 붓만 들었다 하면 향토와 조국으로 일관한 그의 글쓰기를 나는 훨씬 많이 기억한다. 아니 작은 상처가 있어 인간적으로 한층 경도傾倒하게 만든다. 누구는 얼마나 완벽한가 따위 항설을 떠나 근래의 인심으로는 차라리 촌스런 그의 실천적 '향토'와 '조국'을 믿는다.

'지배국의 문화말살정책이 제일 심할 때, 모국어 시를 감히 지배국 말로 번역하여 지배국에서 출판한 세계문학사상 드문 사실林容澤,《김소운 조선시집의 세계》'을 확인한다.

모국을 향한 그 같은 열정과 의지가 일본살이 30년의 버팀목 구실을 했을 공산이 크다. 혈혈단신의 고독을 달래고 지양하는 근거로 선용한 흔적을 드난꾼처럼 보낸 한살이의 굽이굽이에서 찾을 수 있다.

소싯적부터 잦았던 전학 통에 동기 동창이 없고 부모 형제 처자의 인연조차 두텁지 못했다. 항상 단독 무소속으로 지내며 '일본으로 갈 사람' '잠시 지나가는 손님' 대접을 이쪽저쪽에서 받되 전심전력을 기울여 인간에 대한 봉사 임무를 다했다고 자부하는 그의 실토를 외면하기 어렵다.

겸허는 겸허로, 오만은 오만으로 갚았으며 '관대寬大라는 것은 내가 의식적으로 가장 미워하는 미덕' 이라는 말이 정직해서 좋다.《일본의 두 얼굴》, 1967. 7월 누추한 상식에의 도전이 그답다.

소운의 마지막은 마침내 적적했다. 1981년 늦가을, 서초동 꽃마을의 연립주택 한 칸에서 향년 73세로 영면한 자리가 그처럼 쓸쓸했다. 홍종인洪鐘仁 선생을 포함한 극노인 세 분이 빈소를 지키고 있었다. 문상객은 오래도록 더 오지 않았다. 간암에 시달리던 그 해에도 책을 세 권이나 낸 소운 선생은 그러나 이게 나의 본령 아니겠느냐 반문하며 저 세상의 신입생 처지에서 가가대소했으랴. 거의 혼자, 살림을 팔고 책을 없애 가면서 상화시비尙火詩碑를 해방 후 최초로 세울 당시에 이미 경험한 '허탈' 을 웃었을지 모른다. 안경의 옛말인, 바람과 티끌을 막기 위해 쓰는 '풍안' 을 손끝으로 밀어 올리며.

김윤식金允植 교수의 색다른 제언이 생각난다.

일본인에 있어 김소운의 존재만큼의 비중이 조선인에
있어서는 小倉 씨에 있다고 저는 생각합니다. 이 사실의
의의 중의 하나로 저는 小倉 씨 쪽엔 저 '고약한 오리엔
탈리즘의 발상법'이 끼어들지 않았다는 점을 들고자 합
니다. 미학이 아니라 과학인 까닭입니다. 조선엔 고시가
인 향가가 있습니다. 일본엔 김소운 역《조선시집》이 있
습니다. 이 둘을 연결하는 길은 없을까요.

_ 〈한국 근대문학사의 한 시선에서 본 김소운〉, 《현대문학》2001년 1월호

잊혀진 이름, 김소운에 대한 논의가 체계적으로 좀 있어
도 괜찮지 싶다. 내후년이면 탄생 100주년. 그가 작고했을
때 대한민국 정부는 은관문화훈장을 수여했다. 도쿄대학
비교문학 비교문화연구실이 1982년에 제정한 '김소운상'학
예연구장려상은 그 후로도 잘 운영되고 있다고 듣는다. | 2006 |

아주 꿋꿋한 문인 하근찬

문예지 추천으로 나왔건 신문의 신춘문예 당선으로 나왔건 작가의 데뷔작은 평생을 두고 따라다니는 반려와 같다.

자기가 쓰고 낳은 복덩이면 복덩이고 귀둥이면 귀둥이지 뭐가 그리 대단하다고 일생의 짝이나 동무로 삼는단 말이냐. 지나치다고 생각할 수도 있겠으나 그게 그렇지 않다. 일정한 기준에 따라 세상에 첫선을 뵌 녀석^{작품}은 어언간 하나의 엄연한 객체로 행세하기 쉽다. 아니 저를 생산해 준 작가와 맞장 뜰 태세로 함께 놀자고 덤빈다.

모든 경우에 다 해당되는 얘기는 아니다. 초출^{初出}의 됨됨이가 제각각인 데다 장차 무슨 일을 벌일지 알 수 없는 작가

의 긴긴 도정을 생각하면 무리다. '시작'에 너무 비중을 둘
필요가 없는 것이다.

다만 느낀다. 이왕이면 데뷔작이 좋아 작가의 이름과 함
께 명망名望을 누릴수록 좋은데, 하근찬 형과 〈수난 이대〉가
즉 그렇다. 하근찬 하면 〈수난 이대〉가 떠오르고, 〈수난 이
대〉를 생각하면 하근찬이 옆에 늘 있으니까.

〈수난 이대〉 이후의 하근찬 형은 비슷한 취향을 관통한
소설가로 독보적이다. 일제 말기에서 광복 이후에 걸친 우
리네 삶을, 그것도 곤곤한 농민을 주역 삼아 그리되 역사적
현실 고발에 중점을 두었다.

'금례〈왕릉과 주둔군〉' '용식이〈조랑말〉' '필례〈필
례 이야기〉' '갑례夜警' 등등의 명명命名이 벌써
시사적이다. 향토성을 짙게 풍기지만 그
는 거기서 머물지 않았다. 흔해빠진 인
정의 세계를 서술하는 데 그치지 않
고, 한국전쟁으로 상처 입은 민족 고유

하근찬

의 전통을 외래사조와 굳세게 대립시켰다. 꽃요강의 대물
림이 상징하는 우리네 여인들의 수난을, 질기고 주체적인
삶을 은근한 필법으로 다정하게 감쌌다.

한 사람의 생몰 연대를, 더구나 하근찬 형 같은 작가의 깊

175

은 속을 내가 어찌 온전히 안담. 자세히는 모른다. 띄엄띄엄 접촉한 기간이 짧기 때문에도 많이 아는 척 유세하기 어렵거니와, 동업자의 내력으로 촌탁^{村度}한 그는 외유내강의 전형이다. 촌탁이니 외유내강 따위 쉬어빠진 표현이 절로 우습다. '난닝구' 세대 아니랄까봐 덜떨어진 소리를 한다고 퉁을 먹어 싸겠지만 말인즉 사실이다. 내친김에 한마디 더 보탠다면 그의 작품 가운데에는 체험의 소설화가 적잖다. 일제 때 다닌 학교 생활에서 얻은 제재가 상대적으로 많아 내 또래 독자의 구미를 당기게 만든다. 공감을 더욱 샀다.

요새 유행어로 치면 팩션Faction에 가깝달까. 이를테면 〈서울개구리〉가 그런 보기의 하나다. 본인 역시 이 단편을 제목으로 삼은 단편집^{1979년 한진출판사 발행} 후기에서 술회했다.

책 제목으로 내세운 〈서울개구리〉는 가볍게 쓴 작품이다. 내용도 별게 없다. 그러나 나는 이 범작에 대해서 묘하게 애착을 가지고 있다. 어쩌면 사소설적인 요소가 많기 때문에 그런지도 모르겠다. 그런 애착 때문에 그것을 책 제목으로 택했을 뿐, 다른 의미는 없다.

읽어 보신 분은 알겠지만 C시에 살던 후배 작가 R씨가 그의 수색 집을 찾아왔을 당시의 전후 사정이 슬프고 구성지다.

고향 살림을 정리하고 가족과 함께 상경한 R씨의 수중에 남은 돈은 불과 10여만 원. 시난고난의 서울살이 선배이기도 한 하 형이 앞장을 선다. 두 사람은 그 돈으로 집 아닌 방을 구하러 다녔다. 빚잔치를 끝내고 남은 돈은 그나마 R씨의 신춘문예 당선 상금인 셈이라고 했다.

술자리에서 그걸 안 하근찬 형은 절체절명의 그 용기에 감동하여 털어놓는다. 자기도 실은 20여 년 전에 받은 〈수난 이대〉 상금 5만 원으로 삼 년이나 미뤘던 결혼식을 올렸노라 토로했다.

"서울에는 개구리가 많지요?"

"예, 개구리 우는 소리는 원없이 듣고 있습니다."

1970년대 말의 수색에 앉아 서로 가까이 웃었다.

소설의 끝부분이다.

C시는 전주이고 R씨는 작고한 이정환 소설가 아니더라고. 하근찬 형 역시 전주에서 사범학교를 다녔다. 내 일 년 선배였고 신동엽 또한 그의 동기다.

서울서 만난 하근찬 형과는 80년대 이후에 자주 어울렸다. 우리 아파트에서 버스로 네 정거장 거리에 있던 도곡동 아파트였는데, 그 동네에는 박화성 선생도 계셨다. 중간 지점에는 또 《혼불》의 최명희가 살아 가끔씩 나를 찾아 놀러 왔다.

아는 사람은 하 형의 경음鯨飮에 빗댄 주량을 알리라. 하지만 젊은 시기에 집중된 문인의 호방한 기개와 무관하지 않다. 자랑할 것도 술에 관대했던 그 시절 분위기를 그리워할 것도 없지만, 그렇게 산 세월이 적어도 추잡하지는 않았다. 옹졸하지 않으려고 피차 애썼다.

훗날의 하 형은 근력이 전만 못한 까닭에도 나와 맞댄 술잔이 작고 시간도 오래 끌지 못했다. 술이 도에 넘친들 입이 걸까. 그는 줄창 문인의 할 바와 선비의 높은 경지를 읊는 게 고작이었다.

맞다. 시조를 읊듯이 느리게 설파하던 생각이 난다. 문인들의 해외여행에 끼어 떠난 외지에서 둘이 한방을 쓴 것까지는 좋았으나, 선비의 품성과 문인의 금도를 밤새껏 듣느라 혼났다. 키나 작은가. 나보다 두 뼘 세 뼘쯤은 큰 만큼 빳빳한 좌고坐高를 의연히 세우고 거듭거듭 강조했다.

하지만 그의 목소리는 음주 이전이나 이후를 불문하고 작아 견디기 수월하다. 상대방의 응답을 기대하지도 않는 독백의 격이 높았다.

하근찬, 세상을 뜬 지 어느새 2년, 그리운 이름이다. | 2009 |

다시 읽는 정운영의 글

경제학자 정운영의 1주기에 맞춰 나온 두 권의 책, 《자본주의 경제산책》과 《심장은 왼쪽에 있음을 기억하라》를 구해 읽었다. 앞에 것은 현실 자본주의의 역사를 분석한 연구서고, 뒤에 것은 2002년 이후 《중앙일보》에 실은 칼럼들이다.

아무래도 칼럼집에 더 마음이 갔다. 이번이 아홉 권째라고 하는데, 조곤조곤 이야기를 하듯 깔끔한 문체에 언제나처럼 끌렸다. 맛이 여전히 차지고 신선했다.

그래서 경제학자 정운영보다 문장가 정운영을 따로 생각하게 만든다. 본문보다 은유에 정신을 파는 격이겠으나 그건 독자의 자유다. 80년대 말 수삼 년을 그와 함께 《한겨레 신문》객원으로 지낼 때부터 나는 그런 '오독誤讀'에 익숙했다.

그는 경제를 말하되 논論하지 않았다. 재미진 동서양의 예를 이리저리 들어 독자의 시선을 집중시키다가, 슬그머니 당대 경제의 초점을 딱 짚는 수법이 쌈빡하여 기분이 좋았다.

누구는 안 그런가. 나름대로 다들 개별화된 보편성 획득에 열심이지만, 그의 글은 늘 공부하는 자세로 독특하여 후줄근하지 않았다.

그의 초기 저서인 《광대의 경제학》이나 《저 낮은 경제학을 위하여》를 보면 경제를 이처럼 쉽게 풀이하는 데 대한 회의와 고뇌가 애초에 컸던 모양이다.

원고지가 칠판보다 넓다는 혹독한 사실을 체험했다고 한다. 난해한 언어와 까탈스런 부호로 오염된 경제학을 구해내기 위해 동원한 자신의 '잡식성 잡식雜識'을 일단 발명하면서도, 그것이 경제학을 타락시키지나 않을까 염려했다. '하고 싶은 얘기만 딱 부러지게 하면 됐지 무슨 놈의 잔소리가 그리 많으냐는 타박도 없지 않으리라'는 술회가 그만큼 진지하게 들렸다.

하지만 '펜보다 무거운 것을 들어 보지 못한' 그는, 벽돌을 찍는 사람에게 이론적 실천 노력을 장황하게 강의할 자신이 서지 않아 책을 썼다. 경제학이 요구하는 암호 해득에

질려 일상적인 관심마저 포기하려는 이들에게 다소 유익한 안내자가 되기를 기대했다.

그만한 연유 덕일 게다. 이번에 출간된 《자본주의 경제산책》도 연구서치고는 읽기가 퍽 수월하다. 그의 말을 그대로 빌리건대, '뭔 놈의 경제 논문'에 조지 오웰이니 어니스트 헤밍웨이니 피카소가 등장하여 담론의 오지랖을 넓히는가 싶다. 이병주의 단편소설 〈아무도 모르는 가을〉과 조정래의 대하소설 《한강》을 인용한 것은 또 서양 작품과 아귀를 맞추기 위해서인가. 나 같은 경제 무식쟁이는 그 맛에 더 혹했지만 말이다.

무엇보다도 각주^{脚註}가 거의 없어 좋다. 어떤 계제에 무슨 논문을 읽다가 너무 많은 각주에 질린 적이 한두 번 아니다. '각주의 숲'에 갇혀 미아가 된 기분으로 회의하지 않을 수 없었다. 오늘의 디지털 시대에도 논문 쓰기 구조는 그같은 반석 위에서 끄떡없는가. 인문학의 위기와는 무관한 격절의 세계인가. 주제넘은 걱정까지 하게 된다. 쉽게 써야 한다는 강박에 너무 휘둘리는 것도 곤란하지만 서로 피곤한 노릇이다.

그와는 다른 차원에서 '논객' 또한 이제는 걸맞지 않는 칭호라고 생각한다. 칼럼니스트 이전의 우리말로 그냥 둔들 상관없다면 그만이다. 그만이다만, 삶의 요소요소에서 터져 나오는 프로페셔널들의 적절한 탁견과 정보가 한층 긴요한 마당에, 논객은 에헴 하고 앉아 별무신통한 고담준론이나 펴는 이미지를 풍기기 알맞다. 유효 기간이 끝났다고 본다.

하긴 글을 쓰는 주체를 어떻게 부르느냐는 따위 문제가 뭐 그리 대단하랴. 중요한 것은 내용이고 정운영은 그걸 위해 힘껏 쓰다 갔는데, 나는 그가 부수적이라고 여겼을 표현을 중심으로 이 말 저 말 늘어놓아 민망하다.

하지만 그것도 사람이 사람에게 다가가는 방편의 하나로

중요하다. 〈나라 위해 우리 변절합시다〉라는 글에서 그가 토로한 역지사지 사고는 당연하되 언제나 쉽지 않다. 칼럼 니스트 처지를 아무도 제 편으로 끼워 주지 않는 광대의 고독에 비유한 그의 '탄식'은 만고에 불가피한 굴레다.

어디에 서 있건, 세월이 어떻게 뒤바뀌건 간에 쓰는 자는 그렇게 고단하다. 하긴 그게 곧 글쓰기의 힘이다. 싫으면 못하는 짓이다. 정운영의 유서 같은 두 책을 읽으며 재삼 통감한다. |2006|

이규태

이규태는 여러모로 한결같은 데가 많은
친구다. 한 곳에 오래 머물러 한 일에만
매달리는 지구력이 우선 그렇다. 취미로 달라붙
은 등산 경력이 40년이면 테니스장 출입 이력이 얼추 비슷
하다. 타고난 고수머리야 논외로 치자. 긴 세월에 걸친 팔
다리 운동에도 불구하고 중량감 넘치는 배는 이제나 그제
나 한결같이 듬직하다. 소주로 일관하던 술 마시기 습성이
요새는 순한 매실주로 바뀐 게 좀 섭섭하지만 나이가 지시
하는 몸조심을 어쩔 수 없었을 게다. 발동이 걸리면 다시
신문기자 음주의 고향 같은 소주를 찾는 걸로 미루어 눈감
아 줄 수 있다.

185

그러므로 '이규태 코너' 5000회를 축하할지언정 놀라지 않는다. 3000회 돌파 잔치 때 이미 감을 잡았기 때문이다. 뒷짐 지고 산을 오르는 독특한 자세로 5000회 고지를 향해 뚜벅뚜벅 걸어가리라 믿었다.

오늘이 그날이다. '코너'에 장치한 작은 박스에 일일이 염량 세태의 뜻을 새기고 주위 담기엔, 지지고 볶는 세월의 덩치가 너무 커 버거웠을지도 모른다. 하지만 그는 쉬지 않고 글을 꿰었다. 무슨 일이건 끊임없이 이어 감으로써 내실을 확보하는 미덕을 여실히 보여 주었다. 아니 작기 때문에 더 눈에 띄는 덕을 본 셈이다. 사람들의 바쁜 아침엔 안성맞춤의 읽을거리일 테니까. 짧은 시간에 소화하기 쉬운 분량에 더구나 온고지신의 산 정보까지 담아내니까.

다 늦게 얘기하기 새삼스럽지만 '이규태 코너'는 이 점에서 아주 특이하다. 나날의 생활 속에서 불거진 파편 같은 현실에 나름의 줄기를 세우고 가닥을 잡는다. 수백 수천 년을 종횡무진 오르내리는 가운데 오늘의 어떤 현상이나 인물의 행동이 어제와 닿아 있음을 상기시킨다. 따라서 그의 붓끝은 고릿적 신라적 송장까지 때때로 벌떡벌떡 일으켜 세운다. 일어서서 우리에게 주절주절 말을 걸게 만든다. 스러진 것들의 그런 육화肉化 과정에서 느끼는 재미는 말할 나

186

위 없다.

칼럼 본래의 속성에 어긋난다는 지적이 물론 한편에 있다. 당대의 눈으로 보고 다뤄야 할 사안을 폭 삭은 옛날로 끌고 올라가 연결 규정하는 까닭에 신문의 원천적 구실과는 동떨어진다는 시각이 없지 않다. 아닌 게 아니라 동서양을 막론하고 매우 드문 필법이다. 하지만 생각하기 나름이다. 두드러진 차별화 의도는 여하간 매사를 깊고 넓게 에둘러 모두 함께 서 있는 시점을 더 좀 포괄적으로 파악하려는 노력으로 볼 만하다.

더불어 독자의 글을 읽는 심리를 어지간히 꿰뚫었다고 볼 수 있다. 사람들의 대화라든가 정치 집회 같은 데서 흔히 들먹이는 사실에서도 알 수 있듯이 한국인은 유난히 지난날의 삶에 근거를 둔 속담이나 고사성어를 좋아한다. 이런 상황에서 전해 듣는 옛이야기는 일상에 도움을 주고 직면한 위상을 돌아보게 한다. 교양도 얻고 정보도 얻는다. 한국인의 의식 구조 연구는 이규태에 이르러 마침내 큰 진전을 보았다는 것이 정평이다. 그런 그를 두고 섣부른 해석을 내리는 것이 쑥스럽지만 내 생각은 그렇다.

어디서 그렇게 자료를 캐내어 먹어도 먹어도 질리지 않는 '밥상'을 매일같이 차리는가, 다들 궁금해 한다. 각양각색

187

으로 식성이 까다로운 '고객'은 권태도 빨라 자칫 상을 물리기 쉽다. 언제는 맛있게 먹던 목어木魚를 이제는 도루묵으로 팽개치지 말란 법 없다. 동어 반복이나 똑같은 소재를 두 번 다시 우려먹는 걸 금기로 여기는 신문의 일사부재리 원칙 때문에도 나날이 새로워야 한다. 그러자니 오죽하겠는가. 쓰는 자의 숙명을 넘어, 들이는 품과 공력이 대단할 것은 불문가지다. 전에 본 그의 집은 책으로 그들막했다. 어렵게 구한 한적漢籍과 기타 등등에서 뽑은 자료를 아이템별로 옮긴 카드함이 한약방 약장사 같았다. 근자에는 인터넷을 익힌 덕택에 작업이 훨씬 수월하려니와, 무엇을 어떻게 쓸 것인가를 고민하는 시간의 무게는 거기서 거기일 터이다.

그러나 그가 쓰는 칼럼의 긴 생명력은 활자로 찍힌 기록을 적시適時에 현재 진행형으로 결부 인용하는 데 있지 않다. 그것은 어디까지나 보조 기능에 불과하다. 주된 원동력은 사회부 기자로 있을 때부터 몸에 밴 취재력이나 어지간히 골고루 탐색하고 다닌 해외 견문과 독서, 그리고 소싯적 농촌 체험이다. 이것들이 그때그때의 글줄에 적절히 녹아 남다른 설득력을 지니는 것이다.

산에서 점심을 지어 먹던 시절에 가지고 다닌 된장을 시

골에 따로 맞춰 두고 먹을 만큼 토속적이다. 그런 된장을 달게 먹은 입으로 아프가니스탄 유목민과 우리, 또는 서구의 예를 각각 비교하여 동서양의 인간적 '사이閒 의식' 따위를 설명한다. 이만한 박람강기博覽强記와 순발력을 토대로 글을 쓰는 까닭에 필자나 독자가 쉬 싫증이 나지 않아 날이면 날마다 선도 높은 '물건'을 뽑아 낼 수 있다. 논리적 머리 회전은 빠를망정 실제 행동은 굼뜬 데서 생기기 마련인 진중한 참을성이 또 그 뒤를 받친다. 20세기를 마감하는 계제에 5000회 고개를 넘었으니 다음에는 어떤 봉우리를 향해 발걸음을 뗄 것인가. 담배를 끊으면서도 단박에 서두르지 않고, 열 대, 아홉 대 식으로 카운트 다운하듯 하루 끽연량을 줄여 가던 그다. 소걸음의 미더운 앞날에 다시 기대를 건다.

| 1999. 11월 |

부附 : 이규태 선생李圭泰先生

묘비명墓碑銘, 長水郡 長水邑

한 편의 글로 사람들의 아침을 새롭고 다감하게 열어 준 불세출의 기자 여기에 영면永眠하시다. 선생은 격변의 나날을 변치 않는 과거를 통해 재조명함으로써 더 나은 미래를 겨냥하고자 하셨다. 펜으로 시작한 글쓰기 수단이 컴퓨터 키보드를 치는 세상이 되도록, 《조선일보》를 비롯한 여러 계층 독자에게 일상日常의 징후徵候를 웅숭깊게 새겨 전달하는 데 평생을 바쳤다. 특유의 친근한 문법文法으로 보편타당한 쓰기와 읽기의 경지를 아울러 텄다.

선생은 1933년 전북 장수군 장수면 장수리에서 이전섭
李銓燮 선생의 넷째 아들로 태어나 유년을 고향에서 보냈
다. 선생의 남다른 감수성은 이 무렵에 흠뻑 젖고 자라
서, 훗날의 문필 활동에 더없이 소중한 바탕을 이루었
다. 시대의 첨단을 예리하게 응시하면서도 일찍이 체득
한 농경農耕정서가 뒤를 받쳐 기사와 칼럼이 한결 넉넉한
설득력에 넘쳤다.

전주사범학교와 연세대학교 이공대학 화학공학과를 졸업
한1956 선생은, 그해 3월 《조선일보》 견습기자 2기로 언론
계에 몸담으셨다. 그리고 45년 동안, 문화부 기자로 출발
하여, 문화부장, 《주간조선》 주간, 사회부장, 논설실장, 주
필, 상무이사 논설고문, 전무대우 논설고문이 되기까지 쓴
글을 어찌 다 말하랴. 《조선일보》에 연재한 대형 시리즈만
도 37개나 된다.

선생은 1968년 60회를 이어간 '개화백경開化百景'으로 그
토록 거창한 일의 물꼬를 텄다. 오랜 내공과 축적을 기
반 삼아 마침내 선생의 본령本領이 발휘된 시기였다. 외
래 문물 수용에 정신없는 시절에 한국인의 정체성을 검
색하고 다지는 발상이 역으로 빛났다.

'개화백경'이 우리의 역사적 외양을 멀리 에둘러 돌이

켰다면, 1975년부터 연재를 시작한 〈한국인의 의식 구조〉는 우리네 삶을 지배하는 풍경과 내력을 안에서 요모조모 비춘 만화경萬華鏡이다. '이규태 한국학'의 객관적 정립定立 단계를 넘어 선생의 별호別號 같은 구실로 다시 없었다.

'의식 구조'는 다시 '선비' '서민' '동양인' '서양인의 의식 구조'로 세분되었다. 그렇게 세계인의 의식을 두루 섭렵한 선생은, 1983년 3월 1일을 기하여 〈이규태 코너〉로 입지立地를 좁히고 말수를 줄였다. 대신 매일 등장하여 독자와의 친화親和는 나우 돈후敦厚해졌거늘, 애초엔 아무도 몰랐다. 횟수로 6,701회, 햇수로 24년에 이르도록 계속될 줄은 그 누구도 상상하지 못했다.

그쯤 되면 '코너'는 이미 코너가 아니었다. 대장정大長征의 총화總和나, 단편일지언정 매번 똑떨어진 완성도를 요구하는 글의 성격으로 미루어 가위 세계적이다. '코너'가 모여 무변無邊의 대지大地를 이룬 장관壯觀이 따로 없다 할 것이다. 그런 과정에서도 선생은 '씨받이 문화'를 처음으로 세상에 알리고, '코너' 형식의 글쓰기는 미국 대학의 교재에도 실렸다. 120권을 헤아리는 그 밖의 저술 업적으로 한국신문상, 서울시문화상, 연세언론인상, 삼

성언론상 특별상과 은관문화훈장을 받으셨다.

우촌牛村 전진한錢鎭漢 선생의 차녀 전방자錢芳子 여사와 결혼하여 사부斯夫, 사로斯虜, 사우斯牛 세 아들을 얻은 선생은, 2006년 2월 26일 숙환을 다스리던 삼성서울병원에서 생을 마쳤다. 장례는 《조선일보》 사우장社友葬으로 거행되었다.

선생은 '글로 먹고사는 자에게 항상 무엇인가를 쓸 수 있는 공간이 있다는 것은 행운이었다'고, 운명 직전에 구술로 발표한 고별사에서 술회하셨다. 선생다운 낙관에 남은 사람들도 큰 위안을 느낀다.

저 세상에서도 부디부디 편안하소서.

2006년 3월, 최일남

3

풍경의 깊이
사람의 깊이

실명으로 무르녹은 파격
— 이시영 시집《우리의 죽은 자들을 위해》

생각하면 우습다. 모두 눈을 감은 상태에
서 베토벤의 〈전원교향곡〉을 듣던 까까머리
머스마들의 음악 시간이 우습다. 선생님은 돌아가는 레코
드판 사이사이에 말씀하셨다. 여기서는 시냇물이 졸졸 흐
르는 목가적 풍경을 떠올리고, 이 대목에서는 요란한 폭풍
우를 연상하라 일렀다.

그나마 커리큘럼이 다양한 사범학교니까 가능했던 음악
감상이 참 어설펐다. 목가적 풍경은 이미 마음을 떠난 지
오래다. 소도시로 '유학' 온 대부분의 산천山川 아이들은 줄
창 끼고 자란 전원이 막상 지겨운 데다, 6·25 뒤끝을 앓는
집이 어디 한둘이래야 말이지. 내남직없이 판이 고달팠다.

197

하숙비로 다달이 내는 너 말이나 너 말가웃의 쌀을 대기에
똥이 빠졌다. 교통편마저 형편없는 마당에 그걸 져 나르는
고역이 또 이만저만 아니었다.

그래도 학교에 오면 얼금뱅이 현실을 잊고 희희낙락을 다
뤘다. 간사한 기억의 오두방정을 넘어 괜찮은 한때였다. 하
여 그 시절 음악 교실이 지금 다시 그립다. '예술 감상'은
어떻든 기분 좋은 일이므로, 고개를 뒤로 발딱 젖히든가 앞
으로 푹 숙이고 배추머리 베토벤을 허공에 그리는 시늉들
을 했다. 그 수가 삼분지 이쯤은 되었다. 개중에는 또 속으
로 호박씨 까는 녀석이 적지 않았겠지만.

클래식 앞에서만 억지 폼을 잡았으랴. 집중한다는 면에서
는 그만 못한 시를 놓고도 제법 호흡을 가다듬었다. 시인이
아주 귀한 사정과도 관련이 있을 게다. 그냥 읽기보다는 시
의 뜻을 새기며 감상하는, 아무나 가까이 하기 어려운 경지
로 추앙했다. 실례를 당장 들어야겠다.

선생님은 '공민' 담당이었다. 서울서 새로 오신 분이었는
데, 하루는 교실에 들어서자마자 판서부터 시작했다. 출석
도 안 부르고 칠판에 긴 영어를 죽죽 써 나갔다. 여러분도
노트에 받아 적으라는 지시를 소극적으로 내렸다. 헌칠한
귀티와 매서운 지적 분위기에 진작 압도당한 터라서, 내력

없이 영어를 베끼는 떠름한 느낌을 아무도 내색하지 않았다. 어디가 달라도 다른 서울 선생님의 촌놈 겁주기인가? 그쯤 여기는 눈치가 또래들의 표정에 잠깐 머물렀다.

Henry W. Longfellow 작 〈A Psalm of Life〉

제목을 크게 쓰고 거침없는 속필로 선생님이 칠판에 빽빽이 나열한 글씨는 시가 틀림없었다. 잦은 행갈이로 미루어 대충 짐작이 갔다. 그러자 '프살름'이 뭐냐고 주변의 몇몇이 소곤거렸다. 'Psalm'을 두고 고개를 꼬았거늘, 엉터리 발음으로 처음부터 빗나간 단어의 뜻을 누구는 알았으랴.

영어 교사도 아니면서 분필 하나 달랑 들고 흑판을 온통 메운 선생님은 이윽고 싯줄을 일일이 짚으며 자상하게 해설했다. 다음 수업 때까지 외워 오라는 숙제를 동시에 냈다. 내용이 꽤 길망정 동원된 단어는 고교 2학년 수준으로도 뜻밖에 순했다. 그래서 소개하셨을 텐데 며칠 후 밝혀진, 끝까지 암송한 아이는 서너 명 정도였다.

너 말가웃의 학생 생활을 지탱하기에도 벅찬 시절에 롱펠로는 너무 거리가 멀다고 코웃음 칠 수 있겠지만, 선생님인들 그걸 몰랐을까 싶다. 그럴수록 희망을 잃지 말라는 언외의 격려가 컸다고 믿는다. '국파산하재國破山何在' 지경의 추운 교실에 먹통의 음치로 앉아 베토벤을 감상한 것도 그렇고…….

하기야 〈섬 오브 라이프〉에도 '몬풀 넘버mournful numbers'니, '비브액 오브 라이프bivouac of life' 따위 슬픈 시구가 나오기는 나왔다. 그걸 뛰어넘어 진실에 육박하자는 생의 찬미가 어린 눈에도 그럴싸했는데, 사실 이런 느낌은 뒤에 가서 조금씩 짜깁기한 것이다. 당시엔 사전 찾는 일이 우선 바빠서도 더 이상의 깊은 뜻을 헤아리기 어려웠다.

그보다는 얼김에 원어로 영시 한 편 외웠다는 기쁨이 컸다. 남달리 작문에 마음을 쓰면서, 눈에 띄는 대로 우리나라 시인들의 이 시 저 시를 깜냥껏 읽어 댄 것과도 맥이 닿는 일이었거니 회상한다.

시겨든 떫지나 말랬는데. 나는 그 후의 긴 세월을 어기적거리고 때로는 어기야디야 살면서 한 생각을 아주 굳혔다. 고교 시절에 좋은 선생님을 만나는 것도 '오복' 축에 든다고 확신하게 되었다. 오복의 하나로 치는, 맥 빠진 '유호덕牧好德' 보다야 낫지 뭔가. 억지로는 안 될 일이다. 손뼉도 마주 쳐야 소리가 난댔으나 이 경우는 조금 다르다. 선생님의 의도와는 상관없이 제자가 일방적으로 모종의 감동에 겨위, 선생님의 말과 처신을 자기 앞날이나 전신轉身의 계기로 삼을 수도 있기 때문이다.

터놓고 소통하면 더 좋다. 수능 성적에 덜미 잡혀 그럴 겨를이 없는, 정신적으로 황량한 형편도 알 만큼은 안다. 그럼에도 불구하고 그만한 독단을 우기고 싶다. 근본은 같으니까.

방금 어린 왕년에 시 읽기를 즐겼다고 했는데 그건 요새도 마찬가지다. 문학지에 실린 시에 빠짐없이 눈을 돌리고, '이거야' 하는 작품은 낱장으로 떼어 모았다가 틈틈이 음미한다. 더러더러 보내오는 시집을 고맙게 읽고 이따금 사기도 한다.

새 시집을 산 날은 마음이 흐뭇하다. 모처럼 차분한 심정으로 돌아가는 시간이 미리 삽상한 까닭이다. 군더더기를 털고 진국을 뽑아낸 솜씨에 끌리다 못해 멋진 시상詩想이나 시어詩語를 부분적으로 훔치고 싶은 유혹에 빠지기도 한다. 간혹 챙긴다. 속셈이 흉물스럽다면 할 말이 없지만 늘 그렇지는 않다. 범상한 애호가로 머물러 행간의 가쁜 숨결이나 느긋한 여유를 번갈아 맛볼 따름이다.

하나마나한 객설이겠지만 시처럼 강한 개성과 높은 변화 욕구에 시달리는 문학 품목도 드물 것이다. 그런 분야가 어찌 시뿐일까마는, 손바닥만 한 지면에 우주를 들앉히고 개미 새끼들의 속삭임까지 엿듣되 녹슨 생각이나 닳아빠진 감각으로는 안 되는 것이 시 아니더라고……. 두 줄 석 줄의 시를 뽑기 위해 아흔 몇 번을 고치는 시인이 그래서 생긴다.

시를 짧게 짓기로는 이시영 시인도 누구 못지않다. 무르녹은 압축이 유달라 가경이 었는데, 이번에 나온 시집 《우리의 죽은 자들을 위해》에서는 기왕의 격식을 깬 작품을 한껏 실었다.

이시영

다른 사람의 글이나 신문 잡지의 기사들, 마침내 방송에서 입으로 전한 현장 르포까지 약간의 설명을 붙여 시집에 담은 것이다.

재작년에 낸 《아르갈의 향기》에 미처 싣지 못한 문인들의 애잔한 삽화와, 그동안에 쓴 시도 물론 많다. 따라서 나 같은 얼치기 독자를 어리둥절하게 만든 '인용시'가 전부는 아니다. 절반에 조금 못 미친다.

보느니 처음이다. 별스런 시집을 구경하는구나, 한참 낯설었다. 그런데 신통도 하지. 전편을 차례차례 읽어가는 데에는 지장이 없었다.

시인이 너도 시라고 '때론 한 줄의 기사가 그 숱한 '가공된 진실'보다 더 시다웠다'고 대접하면서 확인 도장을 꾹 눌러 준 덕인지 모르겠다. 나도 하루살이 뉴스의 현장에서 긴 세월을 덤벙댔는지라 범연하기 어려웠다. 희한한 착상에 기묘한 느낌이 신기하고 흥미로웠다. 건조한 신문 문체가 시인이 슬쩍 보탠 한두 마디 말에 힘입어 사람들의 작은 역사에 보란 듯 거듭나다니.

마음을 반사하는 서정과 오늘의 현실을 만천하에 전달하는 서사가 전례 없이 엇섞이고, 남이 쓴 글귀 등을 한 지붕 아래 입적시킨 모험이 요컨대 잘 맞아떨어졌다.

그러자고 억지를 부리지 않았다. 시인은 시가 어떤 규범으로부터 벗어나기를 소원하면서, 되도록 수수하게 서로 다른 것들의 만남과 섞임을 시침 뚝 따고 주선했다. 덕택에 단단한 융화가 퍽 자연스럽다. 나머지 상상은 독자의 몫이다.

어렸을 적 방아다리에 꼴 베러 나갔다가 꼴은 못 베고 손가락만 베어 선혈이 뚝뚝 듣는 왼손 검지손가락을 콩잎으로 감싸 쥐고 뛰어오는데 아버지처럼 젊은 들이 우렁우렁한 목소리로 다가서며 말했다. "괜찮다, 아가 우지 마라! 괜찮다, 아가 우지 마라!" 그 뒤로 나는 들에서 제일 훌륭한 폴꾼이 되었다.

_〈폴꾼〉, 21쪽

다음의 인용은 끔찍한 고문을 이겨내고 동지들의 눈길 속에 복도를 걸어 나오는 두 여인을 묘사한 것으로 칠레 작가 루이스 세풀베다의 것이다.

검은 머리 여자와 금발 여자. 카르멘과 마르시아. 그들은 모든 것을 걸었던 여자들답게 당당하고 자랑스럽게 저쪽에서 걸어가고 있다. 사랑을 전한 몸들은 모든 패배자들의 사랑을 간직하고 있다. 키스를 유혹하는 입술들은 신음은 토해냈지만, 사람이나 나무, 강, 산, 숲, 꽃, 거리의 그 어느 이름도 말하지 않았다. 그들은 사형 집행인들이 눈치 챌 만한 정보는 아무것도 주지 않았다. 눈부신 전등 아래서 고문당하던 눈들은 우리의 죽은 자들을 위해 당당하게 눈물을 흘렸다.

_〈우리의 죽은 자들을 위해〉, 22쪽

비단 칠레의 옛 비극뿐이랴. 이 시인의 시사적時事的 관심과 접근은 나라 바깥의 여러 인간상, 자본의 혜택과는 거리

205

가 먼 사람들에게 특히 예민하다. 이스라엘군의 무차별 폭격에 시달리는 레바논 팔레스타인을 생각하고, 카슈미르 노동자 핫산을 걱정한다. 티베트 고산의 야크와 양떼에 이르도록 다양하다.

눈만 뜨면 글로벌 글로벌을 외치는 세상의 모든 논의는 언제나 경제 일변도다. 그랬으므로 강대국 논리에 짓눌려 생존 자체가 불안하고, 나날의 삶에 지친 세계를 아픈 마음으로 쓰다듬는 시선이 각별하다. 경제만 있고 사람은 빠진 글로벌리즘의 그늘을 다감한 시정詩情으로 감쌌다.

하지만 시집은 이런 부분을 담담히 제시하는 데 그친다. 글로벌의 G자도 비치지 않고 본 대로 들은 대로 차분히 옮겼다. 시는 쉬운데 시평詩評이 오히려 어렵다는 말도 있던데, 그렇다면 내가 바로 그 짝 났는가. 저널리즘이 경계해야 할 확대 해석을 한 폭이니까.

한편 궁금하다. 이런 시작詩作의 앞날이 자못 궁금하다. 이왕 얘기가 나온 언론에는 일사부재리 원칙이 따로 없다. 똑같은 기사의 재록은 안 되지만, 속보速報에 이은 속보續報는 얼마든지 가능하다. 과거를 거울 삼아 오늘을 되짚는 성향이 강하다. 요새 돌아가는 시속時俗을 보면 알조다.

다만 기를 쓴다. 현황 복사 속에서 새것을 취하는 매체의 당위를 서로 경쟁하면서도 타성에는 절대 빠지지 않도록 조심한다. 타성에 젖으면 볼짱 다 본다는 자세로 '참신'을 무지무지 탐하는 것이다.

뉴스 수요자들은 한술 더 뜬다. 정체停滯를 싫어하고 어제와 똑같은 밥상에 단박 물리기 일쑤다.

이만한 언론의 체질과 이 시집의 성공한 파격을 맞바로 대비하기 난감하다. 애초에 들고 나온 발상이 예외적이었던 만큼 단발성 시도로 만족할지 더욱 진경進境을 꿈꿀지, 독자는 조용히 지켜보는 게 도리일 게다.

그건 그렇고 우리나라에 '실명시實名詩'가 등장한 것은 언제부터일까. 고은 시인의 방대한 《만인보》가 대표적인데, 이시영 시인의 《아르갈의 향기》와 《우리의 죽은 자들을 위해》에 나오는 실존 인물들, 특히 문필가는 밋밋한 '포즈pose' 아닌 '포즈pause'를 실감케 한다는 점에서 특이하다. 삶의 어떤 계제에 잠깐 쉼표를 찍듯이 터뜨린 말이나 살가운 정경이 우습고 슬프고 기막히다. 이 시인이 아니면 쓰지 못할 장면 장면이 곧 그렇다. 지난 시대의 독재에 붓으로 행동으로 대들다가 고통을 당한 이들과 상대적으로 교분이 두터웠기 때문이겠지만, 그런 분위기와는 인연이 먼 분도 상당수 포함된다.

사실인즉 태반이 자다가도 웃을 일들이다. 두 시집을 통해 거명된 사람이 줄잡아 서른 명은 되려니와, 시인 자신이 직접 보았거나 전문한 얘기가 하도 기똥차 즐겁다. 무슨 시집이 사람을 이렇게 웃기는가 싶다. 그중 하나를 보자. 시제목은 '돈아豚兒' 다.

> 신동문 선생이 신구문화사 주간 시절, 세검정 산마루에 살던 김관식 선생은 당시 중학생이던 장남 편에 이런 편지를 자주 들려 보냈다고 한다. "급전이 필요하니 豚兒 편에 金 二百원을 꼭 보내줄 것이며……" 그런데 일이 잦아지자 이제는 머리가 제법 커진 豚兒가 제 손으로 직접 쓴 아버지 편지를 들고 나타났다고 한다. "급전이 필요하니 우리 豚兒 편에……"

_《아르갈의 향기》 42쪽, '아르갈' 은 '쇠똥' 의 몽골어라고 했다

모두 알 만한 이름들이어서 저세상 사람이나 이 세상 사람들의 몰랐던 사연을 읽는 시간이 진진하고 수더분한데, 김종삼 시인은 이번 시집에 두 번이나 올라 감회 깊었다. 《동아일보》 4층의 동아방송국에서 배경 음악을 담당하면서, 3층 편집국의 내 자리에도 가끔 들렀다. 베레모에 안짱

다리, 바지 뒷주머니에 두 홉들이 '쐬주병'을 꽂고 '도깨비'라는 별명처럼 불쑥 나타나 미발표 시를 던지는 날도 있었다. "최형, 개소리 한번 보슈!" 그리고는 핑 돌아섰다. 자기 시를 시라고 일컫지 않는 시인을 그때 처음 보았다. 귀하게 자란 황해도 은율산^{殷栗産} 평양내기의 속멋과 클래식 음악으로 다진 서구형 교양을 가슴에 가둔 채.

박봉우 시인은 그러려고 시선집 《서울 하야식^{下野式}》전예원, 1986을 미리 냈나 보다. '전주시립도서관의 따분한 직원'으로 얹혀 지내는 동안 '창비에 있는 이시영이가 자네 시집을 내주기로 했다'고 속여 공술을 꽤 대접받았다던가. 훗날 이 시인의 손을 잡고 껄껄 웃더란다. '시영이, 자네를 팔아 술깨나 얻어먹었네그려!' 이러면서. 그 모습 눈에 선하다.

박 시인이 다닌 도서관의 전신인지 아닌지 분명찮지만, 나는 50년대 초에 문을 연 그 도서관의 단골이었다. 1년가량 개근하다시피 드나들었다. 일본 부호가 살던 마당 넓은 저택을 적산가옥으로 몰수하여 간판을 달았을 뿐이었으나, 시민들로부터 기증 받은 장서 가운데 문학 서적도 수천 권? 솔찮았다.

소설은 읽고 시는 베꼈다. 우리말 책은 적고 일본 것은 많은 게 탈이었으나 가릴 겨를이 어딨담. 마구잡이로 파먹

었다. 열람한 도서를 시인 중심으로 꼽으면, 정지용, 김기
림, 신석정, 서정주, 오장환, 이육사, 이병기, 김광균……
기억이 아리까리 자신이 없되, 전운은 가시고 접었던 희망
을 되찾아 저마다 가슴 부풀던 무렵이다. 대학물을 막 먹기
시작한 국문과 학생의 기백을 살려 우리 어문의 정수에 몰
입했다. 그때 정성스레 옮긴 각종 시가 두툼한 두 권의 사
제私製 노트에 빼곡했는데, 이런 기회가 올 줄 어찌 알았으
랴. 불과 몇 달 전에 쓰레기로 버렸다. 언젠가 삼도천을 건
너자면 신변이 가벼워야 한다는 취지에서 일정 기간마다
잡동사니를 폐기 처분하는 경망 탓이다. 쥐뿔도 아까울 건
없다. 분리 수거 시기를 조금 늦췄으면 좋았겠다는 생각을
할 뿐이다.

도서관과 친구 집에 가서 책을 빌리는 등 부산을 떠는 사
이에 일본 시인들의 시도 보았다. 이시카와 다쿠보쿠, 기타
하라 하쿠슈, 다카무라 고타로, 하기와라 사쿠타로 등등의
이름을 그때 익혔다. 해방된 조국에 앉아 물 건너 간 일본
시를 읽다니 엉뚱할지언정 그들의 세계를 객관적으로 들여
다보는 동안이 그런대로 나쁘지 않았다.

남을 끌어들여 내 처지를 말하는 흠이 없지 않지만, 당시
의 우리 세대는 실상 일어 번역을 통해 세계문학을 대할밖

에 없었다.

그렇게 읽은 서양시는 소설에 비해 몹시 생소하여 대강대강 스쳤다. 유행가를 부르듯, 폴 베를렌느의 〈거리에 비 내리듯 내 맘속에 눈물 내린다〉와, 바이올린을 원 발음 '비오롱' 으로 해야 한결 멋진 〈가을의 노래〉 등을 고작 뇌었다. 기용 아폴리네르의 '미라보 다리 아래 세느는 흐르는데/ 나는 왜 우리들의 사랑을 기억해야 하는가' 등속을 혼자 있을 때만 주절거렸다.

몽환의 세계를 그리기 잘하는 일본 작가 호리 다츠오의 대표작 〈바람이 인다〉는 죽음을 앞둔 여자 약혼자와의 사랑을 그린 소설인데, 제목은 폴 발레리의 장시 〈해변의 묘지〉 가운데 한 구절이다. '바람이 인다. 자, 살자구나Le vent se leve! il faut tenter de vivre!' 라는 말이 얼마나 절실했던지, 작자는 제목 다음 페이지를 이 인용구로만 채웠다. 김현 문학평론가는 같은 구절을 '바람이 분다…… 살려고 애써야 한다김현 譯註, 《해변의 묘지》, 민음사, 1973' 로 번역하여 대조적이었다. 난삽한 시를 부드럽게 옮긴 그의 노수老手가 빛났다.

여간 공력을 들이지 않으면 근접하기 힘든 책과 글이, 지적 성장의 단락을 거칠 때마다 다른 모양으로 다가오는 수가 많다. 부실한 내용을 현학적인 외피로 감싸 수선을 피우는 글쓰기도 있겠으나, 뻑뻑할 만해서 뻑뻑한 시문詩文은 별문제다. 자신의 게으름과 무능에 안주하기 버릇하여 쉬운 것만 바치면, 생전 가야 제자리걸음을 못 면하고 문물의 깊은 이치와는 더더욱 담을 쌓지 않을까. 황혼이 짙어 날기 시작한다는 〈미네르바의 부엉이〉를 아득히 떠올리며 자탄한다.

이런 생각과는 생판 다른 차원에서 시낭송을 마음먹은 적도 있다. 여럿이 모인 자리에서 시를 좔좔 외는 이들의 낭랑한 목소리가 부러워 '나도 한번'을 의도했으나 언감생심이었다. 소질 탓인가. 꼭 그것만도 아닌 듯하다.

윤동수 작가가 쓴 〈낭송시인 성내운〉《희망세상》, 2005 · 7월호, 민주화 운동기념사업회 발행을 보면 안다. 교육학자인 선생은 강연을 하더라도 두 시간을 시낭송으로 채울 만큼 유명하셨다고 하는데, 그 많은 시를 어떻게 집회 때마다 외우는가. 놀라운 기억력을 궁금해 하는 사람들에게 대답했다고 한다.

"시를 외우는 일이 기억력만 가지고 되는 줄 아오? 시를 외려는 정성을 모르다니 섭섭하오. 하도 좋아서 읽고 또 읽다 보니 어느새 외우게까지 된 것이지만, 그래서 혼자 있게라도 되면 소리를 내어 외우고는 제 귀로 듣게 된 거지요."

매사는 정성이구나, 노력이구나 탄복했다.

그러나 어쩌겠는가. 나는 종전에 하던 대로 토막 시 이어 달리기 낭송을 그냥저냥 계속하고 있다. 전문 암송이 무망한 까닭에, 무수한 시인들의 시 중에서 한두 줄을 염치없이 뽑아 소리 없이 표정 없이 메들리로 읊는 것이다. 때와 장소를 가리지 않는 자유로움이 우선 좋다. 잠 안 오는 한밤은 물론이다. KTX나 버스, 아니거든 이발소 의자나 비 오는 포구에 앉아, 남 보기엔 멀쩡한 얼굴로 시를 불러들여 논다. 덩달아 끼어드는 오만 상상과 더불어 즐긴 연월이 그럭저럭 사십 년인가 오십 년인가.

아무리 좋은 시도 때가 묻을 대로 묻은 것은 피한다. 윤동주의 〈서시〉, 미당의 〈국화 옆에서〉 등이 대표 사례다. 아마 그걸 쓴 시인들 역시 독자들의 압도적 편식이 지겨울 터이다. 그밖에 많은 편애 받는 시들의 '고생'이 차라리 딱해 보인다. 때문에 나는 되도록 유명하지 않은 시를 가슴에 쟁이고 두서없이 빼먹는다. 아래와 같이.

문 열자 선뜻! 먼 산이 이마에 차라/ 우수절 들어/ 바로 초하루 아침 _정지용

계집애야 계집애야/ 고향에 살지/ 민들레 꽃피는/ 고향

에 살지 _ 서정주

파도야 어쩌란 말이냐/ 파도야 어쩌란 말이냐 _ 유치환

내 홀로 밤깊어 뜰에 내리면/ 머언 곳에 여인의 옷벗는
소리 _ 김광균

나무는 나무끼리/ 짐승은 짐승끼리/ 우리도 우리끼리/
봄을 기다리며 살아가는 것이다 _ 신석정

헝크러진 거리를 이 구석 저 구석/ 혓바닥으로 뒤지며
다니는 밤바람 _ 김기림

두만강 너 우리 강아/ 북간도로 간다는 강원도치와 마주
앉은/ 나는 울 줄을 몰라 외롭다 _ 이용악

국민학교를 갓 나왔을까/ 새로 사 신은 운동화 벗어 품고
/ 그 소년의 등허리에선 먼 길 떠나온 고구마가/ 흙 묻은
얼굴들을 맞부비며 저희끼리 비에 젖고 있었다 _ 신동엽

언어는 나의 가슴에 있다/ 나는 모리배들한테서/ 언어의
단련을 받는다 _ 김수영

친구가 모두 나보다 잘나 보이는 날/ 꽃을 사 들고 집에
간다네/ 아내와 더 허물없네 _ 이시카와 다쿠보쿠

가을햇볕으로나 동무 삼아 따라가면/ 어느새 등성이에
이르러 눈물 나고나 _ 박재삼

　작고 시인보다 더 많은 현역 시인들의 시를 생략한 이유
를 '지면 관계상'이라는 상투적 관용어로 대신해도 쓸지 모
르겠다.
　《우리의 죽은 자들을 위해》에 편승한 너절한 사설私說이 기
어이 민망하다. 넓은 의미의 '시 사랑'이거니 이해해 주었
으면 한다.
　그래서도 한마디 보태야겠다. 톨스토이 민화에, '사람에
게는 어느만큼의 땅이 필요한가'가 있는데, 나는 그것을 이
렇게 바꾸고 싶다.
　'우리나라의 배운 사람들은 어느만큼의 시를 읽고 사는
가.'

　서양에서는 교양인의 대화에 근사한 시구詩句가 곧잘 드나
든다던데…….

　이 에세이 제목으로 원용한 '풍경의 깊이'는, 작년 봄에
출간한 김사인 시집《가만히 좋아하는》의 권두시에서 딴 것
이다.

　오늘은 이래저래 시인들의 신세를 많이 졌다. | 2007 |

김윤식투 문체文体의 한 재미
—그의 '서문집'에 덧붙이는 말

어찌 어찌 소설집 한 권을 낼 때마다 앉히는 '작가의 말'이 늘 부담스러웠다. 적은 분량에 이런저런 감회를 효과적으로 요약하기 힘든 탓이다. 아니, 거짓으로 꾸민 이야기 끝에 정색을 하는 시간이 어색하기 때문이었는지 모른다.

그만큼 많은 생각이 오락가락, 화룡점정도 아닌 것이 찔끔 흘리는 군소리만도 아닌 것이 매양 붓방아를 찧게 만들었다.

다른 분야, 다른 이들의 사정이라고 다를까. 대동소이할 터이다. 긴긴 내용을 건너뛸 수는 있어도 저자의 서문은 한눈에 다 읽는 개연성에 기대어 짧은 문장으로 속 깊은 함의

含意를 요령껏 드러내고자 신경을 쓴다. 밥상을 차리도록 도
와 준 이들에게 인사를 닦는 자리일뿐더러, 독자와 간접적
으로 소통하는 기능까지 한다. 머리말의 모양새 또한 여러
가지다. 반드시 자신의 손으로 된 것만을 일컫지 않는다.
남의 손을 빈 타서他序마저 흔히 곁들여 자서自序와 구별했다.
일석 이희승 선생이 동료와 후학들의 책에 써 주신 것만도
수십 편에 이른다.

수정·증보판은 물론, 번역판을 내는 족족 서문을 다시
다는 예 또한 많다. 오래전 얘기지만 칼 마르크스의 다섯
권짜리 《자본론》김수행역은 저자와 프리드리히 엥겔스가 따로
따로 쓴 서문이 너무 많아 미리부터 복잡한 인상을 풍겼다.
하품이 나오도록 빡빡한 본문에 앞서 지레 겁을 먹게 만들
었다.

머리말은 어차피 간략하기 마련이지만 저자에 따라서는
그런 관례도 별무소용인 듯하다. 한동안 TV의 공자 강의로
화제를 모았던 김용옥의 《여자란 무엇인가》의 머리말에 해
당하는 '앞 잔소리'前小言, '나는 어떻게 이 글을 쓰게 되었나'는 무려 70
쪽에 가깝다. 바로 앞에 놓인 '일러두기'까지 합치면 80쪽
이 너끈하다. 행갈이조차 거의 무시한 활자의 숲이 압도적
으로 빡빡한데, 한 해 먼저 나온《동양학 어떻게 할 것인가》

에서는 머리말을 또 '이끄는 글'로 바꿔 여전히 길게 써 내려갔다.

소설가 고종석의 국어에 관한 세 권의 탁월한 산문집은 분량과 형식이 각각 특이하여 재미있다. 《감염된 언어》에서는 '서툰 사랑의 고백모국어에 대한'으로 서문을 대신하더니, '서문에 붙이는 군말'을 따로 또 보탰다. 《국어의 풍경》 때는 여섯 줄'책머리에'로 요약하는가 하자, 《언문세설》'책앞에'에서는 딱 2행으로 끝내 버렸다. '모국어는 내 감옥이다. 오래도록 나는 그 감옥 속을 어슬렁거렸다. 행복한 산책이었다. 이 책은 그 산책의 기록이다.' …… '감옥' 안에서 행복했노라 시치미를 떼었다.

광복 후에 나온 조선어학회의 《우리말 큰사전》 서문은 개인 아닌 단체의 명문으로 꼽힌다. 1972년 《신동아》 신년호 부록 《한국 현대 명논설집》에도 수록된 역사적 기록으로 뚜렷하다. 이만하면 '머리말론'이라는 별도의 논저가 나와도 좋을 성부르다.

자신이 써 낸 책들의 머리말만을 모은 《김윤식 서문집》은 파격도 이만저만이다. 대하느니 처음인 발상의 묘가 일단 놀랍고 희한하다. 끊임없이 펴낸 저서가 그만큼 방대한 증

좌려니와, 훗날의 집대성을 미리 염두에 두었던 것처럼 문
맥이 그런대로 잘 맞아떨어져 이럴 수가 싶다. 그랬을 리는
만무인데도 연대순으로 차례차례 나열한 그때그때의 머리
말을 읽노라면 문학 평론으로 평생을 묶은 이의 외곬 역정
이 한눈에 잡힌다. 평론 본래의 생경한 성깔에 가려 있던
글쟁이의 진솔한 자기 노출과 풍경 묘사에 공감하며, 뼈대
위주 글줄에 알맞게 살을 붙이는 넉넉함을 엿보았다. 젊은
시절의 긴장이 연륜을 쌓아 가면서 느슨히 풀리는가 싶자
자신을 얼른 다잡는 기미를 느끼게도 했다. 경어체나 편지
형식으로 문체의 변화를 꾀하고 책의 성격에 따라 양을 적
절히 줄이든가 늘이는 솜씨에, 그가 남을 추어올릴 때 곧잘
쓰는 '고수'의 경지를 떠올렸다.

　이를테면 보자. 한국 근대문학, 그중에서도 비평사 및 소
설사 쪽 공부에 뜻을 세우고 첫 번째로 낸 것이《한국 근대
문예 비평사 연구》[1973]라고 했는데 아니나 다를까, 이때 쓴
머리말은 상당히 굳어 있다. 대뜸 아라비아 숫자를 앞세워
조목조목 연구 목적을 설명하기 시작한다.

　1. 한국 신문학에 임할 때는 다음과 같은…… 2. 한국 및
그 문학에 대한 터무니없는 애정으로…… 3. 본 연구
는…… 4. 비평사라 했을 때 부딪히는 방법론적 문제는

…… 식으로 5, 6, 7까지 내리닫이 토막을 쳤다. 참고 삼아 헤아린 당시의 나이 37세. '인생의 처음 40년은 본문이고 다음 30년은 주석'이라고 했던 쇼펜하우어의 능청에 견주면 그다지 젊지도 않았다. 또한 이 연구가 평론으로는 썩 드물게 곧 ^{6개월 후} 재판에 들어간 사정을 감안하면 스타일 면에서 웬만큼 멋을 부려도 되련만, 아직 허虛를 버리고 실實을 취할 셈이었던지 군더더기 없이 깍듯하다.

^{표정이} 굳었느니, ^{자세가} 지나치게 깍듯하니 따위 자의적인 표현을 실지로 목격이라도 한 양 구사하는 건 잘못인 줄 안다. 하나 너무 뜻밖이었던 것도 사실이다. 앞뒤 맥락이 뚝 떨어져야 좋은 이 분야 글발의 성격에 비추어 어쩔 수 없었는지 모르지만, 애써 장만한 차림표를 천천히 되돌아보며 후유! 어깨의 힘을 빼는 연치 아닌가. 그런들 어쩌하리 싶어 우정 해본 소리인데, 갈 길이 먼 그로서는 자기 수식의 겨를이 미처 없었을 것 같다.

짐작한 대로 그 뒤로는 머리말 운행이 다양해진다. 엇비슷한 형태를 접고 기존의 격식 파괴마저 서슴지 않는 시점視點 변화를 거듭 시도한다. 때문에 자칫 무미건조하기 쉬운 머리말 모음이 지루하지 않다. 그만한 틈새를 뚫고 다가서는 김윤식의 또 다른 체취라든가 문학적 고민 내지 영역 넓

히기 노력을 자연스럽게 확인하게 만든 것이다.

환도 직후였다. 그것은 물들인 군복과 커다란 군화를 끌고, 시커먼 물 흐르는 청계천 뚝길, 거기 늘어선 고서점에서 A · 지드의 《지상의 양식》 일역판을 사서 읽던 내 대학 시절의 기억이다.

"나타나엘이여, 동정이 아니라 사랑이다. 너에게 열정을 가르쳐 주마…… 다른 사람이 훌륭히 할 수 있는 일을 네가 해서는 안 된다. 다른 사람이 말할 수 있는 것을 네가 말해서는 안 된다…… 이 책을 버리고 탈출하라……."

지금도 뚜렷이 기억되는 이 병적인 목소리는 내 젊음의 그것이었다. 아마도 나에게 그것은 겨우 세속적인 의미에서의 혼자 있음Einsamkeit이었을 것이다. 그 혼자 있음의 방황은 서해 바다 소금 머금은 바람 속에도 50년대, 60년대, 그리고 지금에도 내 핏속에 맥맥이 흐르고 있는 것 같다. 그 혼자 있음의 두려움이 실상 나의 실존적 의미였던 것이다.

《한국 문학의 논리》1974 머리말의 한 대목이다. 무던히 외로움을 탄 문학병 앓기의 어떤 시기를 뒤늦게 실토한 폭인데, 말미에 보탠 말 역시 절절하다.

'혹 사람이 있어 이 책을 읽어 줄 기회가 있다면, 한 사나이의 문자 행위로서의 허무의 초월이 얼마나 추상의 지경에 이르렀는가를 발견하게 되리라'고 썼다.

'혹 사람이 있어……'가 짠하다. '한 사나이의 문자 행위……'가 사뭇 비장하다. 그에게도 이런 곡절이 있었던가. 애초엔 모두들 그랬다는 심정으로 더불어 옛 시절을 되새기는 순간, 독자의 마음에도 잠시 우수가 머문다. 또 있다. 비슷한 정황이 《한국 근대문학 사상 비판》[1978]의 머리말에서 재현된다. 이번에는 고향 돌아보기다.

사람이 산다는 것은 자기의 근거를 묻는 행위의 일종인지도 모른다. ……나에게 있어 그 근거로서의 생의 충동은 두 가지이다. 먼저 들 것은 쪽빛 바다의 이미지이다. 아, 그 쪽빛, 그리고 그 바다, 그것은 실상 어린 내 혼을 전율케 한 것. 누나의 손에 매달려 몇 시간이나 걸려 항구 도시 M시에 갔었던 날짜나 기타의

디테일이 지금 내 기억 속엔 없다. 다만 차창 너머로 멀리 보이던 그날의 바다가 쪽빛이었고, 이 너무도 강렬한 빛깔에 나는 거의 숨조차 쉴 수 없었다. 따지고 보면 그 쪽빛은 실상 산골에서 자란 나에게 이른 봄 양지 바른 곳에 피는 제비꽃 그것이었다. 그 눈곱만 한 제비꽃의 쪽빛과, 바다의 엄청난 쪽빛의 비교가 어린 혼을 절망케 했던 것이었으리라, 확 트인 수평선만큼 나를 전율케 하는 것은 없다.

그럴 필요가 전혀 없기 때문에도 자신이 살아온 삶의 자국을 까발리지 않는 것이 문학평론가인 데 반해 시인이나 소설가는 모든 것을 다 소재와 일거리로 삼는다. 현실 세계와 상상의 세계를 마음대로 오가며, 사실도 거짓말처럼 거짓말도 사실인 것처럼, 자기 일도 남의 일처럼 남의 일도 자기 일처럼 그린다. 아니면 그만이고, 수틀리면 픽션으로 도망가기 쉽다. 평론가는 이런 '거짓말 선수들'의 그런 파겹에 구애받을 이유가 없다. 어디까지나 문자로 표현된 '물건'의 됨됨이를 판단하면 그만이다. 아무리 그렇기로 그들의 글쓰기는 상상이 끼어들 여지가 별로 없어 따분하겠구나, 시키지도 않은 걱정을 하기도 하는데, 진짜 진짜 평론은 거짓말

쟁이 소설가 이상으로 세상 속내를 전후좌우 자유롭게 꿰어야 하지 않을까. 넓고 반듯한 줏대를 세워 문학 행위의 가닥을 잡아 주다가도 창작인 못지않은 문학적 체질이 행간에 넘나들어야 한다. 그것이 있고 없고에 따라 평필의 웅숭깊음과 변별력이 저절로 갈리고 우러나온다고 믿는다.

익히 알려진 대로 김윤식의 전공은 근대문학 연구다. 평론 활동의 본향인 셈이다. 그는 따라서 기회 있을 적마다 그걸 일깨우고 강조한다.

'저는 문학을 가르치는 교사입니다. 제 전공 분야는 우리 근대문학입니다……'《한국문학의 근대성과 이데올로기 비판》, '제 전공 분야가 우리 근대문학인 만큼……'《김동인 연구》, '한국 근대문학은 내 전공 분야이다……'《김동리와 그의 시대》 등등 번거로울 만큼 잦다. 더구나 머리말의 첫마디에 그걸 번번이 내세웠다.

왜 그렇게 누누이 전공을 앞세우는가를 살피기 전에 무던히도 겸손한 입지立地를 짐작케 한다.

'한국 근대문학이란 무엇인가. 이런 물음 앞에 늘 몸 둘 바를 모르는 자리에 나는 서 있습니다. 내가 그것을 전공하고 있기 때문입니다. 자기가 제일 잘 아는 부분이라고 생각하긴 하지만, 등잔 밑이 어둡다는 옛 속담과 같이 실상 전

공하는 분야가 의외로 자의식에 빠져 혼란을 거듭할 경우
가 자주 있습니다.'《우리 문학의 안과 바깥》······ 했는데, 그의 이와
같은 고백에 평론 활동의 초심이 놓여 있다고 본다. 만판
활달하게 '타향'을 떠돌다가도 때가 되면 일찍 꿈꾸고 뿌리
내린 글쓰기의 고향이 그리워 귀환을 반복하는 나그네를
상상케 한다. 일정 기간을 두고 돌아온 고향에서 옛 발심發心
에 새로운 숨결을 불어넣으려는 일종의 '각성제' 구실에 다
름 아니다. 김윤식의 근대문학에의 귀의 집착은 따라서 공
연한 회고 취미와 무관하다. 현대를 해석하는 데 불가피한
전제로 요긴하게 써먹는 편이다. 어떤 작품의 위상을 세로
로 훑어 족보를 매기고, 가로로 뉘어 그전 것과 비교하는
준거로도 삼는 것이다. 일일이 그렇지는 않다. 매번 그렇지
는 않되, 김윤식의 평론에는 많은 경우에 그런 분위기가 아
슴아슴 배회한다고 생각한다.

　다른 각도에서 살핀 그의 문학 연구는 발로 쓴 것이 적지
않다는 점에서 매우 유별나다. 발로 쓴 소설은 흔할망정
'발로 쓴 평론'은 드물거니와 세 권짜리《이광수와 그의 시
대》를 맞춤한 예로 들 만하다. 그걸 엮기 위해 판 발품이 여
간 끈질기지 않다.

제가 이 책을 쓰기 위해 자료조사차 일본에 간 것은 1969년에서 1970년에 걸친 시기였고, 두 번째로 간 것은 1980년이었습니다. 10여 년 동안 저는 이광수와 그가 살았던 시대와 장소와 마주하고 있었던 셈이지요. 왜 그랬는지 모르겠으나, 좌우간 저는 그럴 수밖에 없었습니다⋯⋯ 와세다대학 도서관 서고 속의 냄새, 메이지 학원 구관 앞 은행나무, 기쿠닌교菊人形가 전시된 유시마湯島 신사, 도쿄대학 소나무 숲의 송장까마귀 떼들, 붓이 막혀 몇 달을 헤매다가 마침내 이광수의 오른팔인 아베 요시이에阿部充家와 왼팔인 이학수운허스님를 발견했던 일, 자하문 밖 홍지동 산장 춘원의 옛집 근처를 몇 달을 두고 살폈던 일들— 이러한 것들은 이 책의 그림자일 터입니다. 그것은 제 몫입니다.

그토록 열심히 춘원의 족적을 뒤지고 다녔다. 심지어 메이지 학원 보통부 3년간의 학업 성적까지 찾아낼 정도로 정성을 쏟았다. 3학년 때 석차는 A · B조 60명 중 8등이요, 5학년 때 대수 · 삼각은 47점으로 낙제를 면치 못했으나 영어와 관련된 학과는 압도적으로 우수했다는 사실마저 파헤쳤다. 대단한 공력이다.

이광수 연구가 불러온 '어떤 운명적 필연성으로' 착수할 수밖에 없었다는 《김동인 연구》 이외의 두 저서, 《염상섭 연구》와 《안수길 연구》 또한 마찬가지다. 도쿄 미타三田에 있는 게이오대학으로, 일본어와 일본 문학을 누구보다 깊이 배웠다는 염상섭을 찾아 나선다. 한중 수교 이전에 출간된 《안수길 연구》1986 때는 그런 발걸음이 불가능했다. '만일 중공과의 국교가 트인다면 간도문학이라든가 만주국문학 연구는 새로운 조명과 지평을 열 것'이라는 말로 아쉬움을 달랬다. 길만 막히지 않았더라면 득달같이 날아갔을 것이라는 뜻이겠지…… 격세지감의 감회가 따로 없다.

《김동리와 그의 시대》를 포함한 일련의 원조급 대가 연구 시리즈가 대강 그렇듯이, 김윤식은 그들이 머물렀던 자리를 되도록 자상하게 묘사하기 위해 무진 애를 쓴다. 《김동리와 그의 시대》에서는 작가의 발자취를 좇아 재생시킨 풍경이 뻐근하게 아름답다.

> 화계협이라 하지만 화계장터에서 쌍계사 앞까지, 또 세이암에서 칠불암까지 바로 선경이었다. 약 20리에 걸쳐 뻗어 있는 이 계곡이 그 희고 누르께하고 푸르스름한 돌빛깔하며 양쪽 산기슭의 소나무, 대나무, 대추나무들하

며, 가위 별세계였다. 더구나 쌍계사 앞에서 지리산 기
슭 가까운 세이암까지 가는 길은 갈수록 더 절경이었다.

기를 쓰고 작가의 뒤를 밟은 결과가 딱딱한 평론을 부드
럽게 푸는 데 상당 부분 기여하고 있다. 하지만 딴은 그게
다 김윤식의 못 말리도록 부지런한 공부와 노력 덕이다. 지
칠 줄 모르는 집필 활동의 바탕이다. 그런 적공을 통해 검
증된 근력으로 나라 바깥으로까지 운신의 폭을 넓힌다. 단
단한 사전 준비 끝에 예술 기행을 쓰고, 《우리 문학의 안과
바깥》1986 같은 책을 낸다. 빈손으로 돌아오는 법 없이 밑천
을 항상 철저히 뽑는다.

차츰 중국을 다룬 글이 눈에 띈다. 최근에 선보인 《사기史
記 속의 공자, 소설 속의 공자》《21세기 문학》봄호도 그중 하나다.
불과 나흘 동안의 산동성 주변 견문을 토대로 쓴 장문의 문
학 기행인데, 부제 '공자와 더불어 태산에 가다'가 무척 한
갓지다. 수시로 인용한 이노우에 야스시의 《공자》《돈황》
《누란》《풍도》 등이 나에게도 그리 낯설지 않아 흥미롭게
읽었다. 그러나 김윤식은 소설 《공자》에 이끌려 간 현지에
서 《사기》의 세계를 보고 얻은 피로감에 깊숙이 젖는다. 육

체의 피로만이 아니었을 게다. 이노우에의 장대하고 출중한 로망과 《사기》의 연면한 역사성이 주는 문학적 멀미 탓이었으려니 여긴다.

이런 유추의 연장선상에서 그가 오래도록 끼고 산 한국 근대문학 섭렵과 일본, 그리고 중국의 함수 관계를 생각해 볼 수는 없을까. 한국의 근대문학은 불가불 일본이나 일본 문학과 닿아 있고, 이노우에 같은 작가의 중국 경도에 그의 관심이 적잖기 때문이다. 그 전에 짚고 넘어갈 것이 있다. 막 글자를 깨치기 시작하면서 만난 일본에 대한 '김 소년'의 아래와 같은 회상이다.

> 나는 경남 김해군 진영이라는 한 가난한 농민의 장남으로 태어났고, 지금도 선명히 기억하는 것은 일본 순사의 칼의 위협과 식량 공출에 전전긍긍하던 부모님들 및 동리 사람들의 초조한 얼굴입니다. 국민학교에 입학한 것은 1943년으로 진주만 공격 2년 후이며 카이로 선

언이 발표된 해에 해당합니다. 십 리가 넘는 읍내 초등
학교에서 〈아카이 도리 고도리〉 〈온시노 다바코〉 〈지지
요 아나타와 츠요갓다〉 〈요가렌노 우다〉 등을 무슨 뜻인
지도 모르면서 불렀습니다. 혼자 먼 산을 넘는 통학길을
매일매일 걸으면서 하늘과 소나무와 산새 틈에 뜻도 모
르는 노래를 흥얼거리며 외로움을 달래었던 것입니다.

_ '한일 문학의 관련 양상-한 일본인 벗에게', 1974

　유년의 일제시대 체험이 그의 근대문학 탐구에 어떤 영향
을 끼쳤는가는 분명치 않다. 확실하지 않을지언정 음으로
양으로 접근을 쉽게 했을 공산이 크다. 그렇지 않다 하더라
도 연구 대상 작가들의 대부분이 일본 문학을 경유하지 않
으면 안 되었던 사정을 고려할 때, 상대적으로 더 좀 유리
했으리라는 추측이 가능하다. 문제를 근대문학 연구에 국
한시킬 경우, 그들의 문학 성취 과정을 이해하는 데 도움이
되었으면 되었지 짐이 되지는 않았을 것이라는 이야기다.
그런 상황을 딛고 출발한 근대문학 연구의 실적 위에서 중
국을 바라보는 것이 아닐까. 먼저 일본을 찍고 유무상통의
내력으로 불가피한 동양 문화의 삼자대면을 더욱 포괄적으
로 가다듬는 단계라고 넘겨짚는다.

아무려나 우리 연배는 '그만한 사람이 있어' 미덥고 한 시대를 함께한 증인으로 무섭다. 한낱 단편을 얘기할 적에도 당자조차 기억이 가물가물한 옛날 옛적 작품의 호적까지 들이대어 꼼짝 못하게 만든다. 역사적 내림으로 날줄을 삼고 사회성으로 씨줄을 삼는 안목과 정확한 인용에 어쩔 도리가 없다. 그 어간에 자주 등장하는 것이 헤겔인데, '저는 헤겔이 아니고, 헤겔주의자는 더욱 아닙니다.'《80년대 우리 소설의 흐름 1·2》고 한 발 물러선다. '현장 속에 지저분하게 뛰어들어 현장을 묘사할 따름' 이라는 게다.

그러나 《애수의 미, 퇴폐의 미-재북 월북문인 해금 수필 61편 선집》1989에서는 현장에 당도하기 이전에 챙겨야 할 예습의 중요성을 살짝 비친다.

"자본주의적인 것을 떠나 근대성을 논의할 수 없다면, 한국 근대문학사도 자본주의의 본질을 공부하지 않고는 생심도 낼 수 없는 것이 아니겠는가. 제가 한국 근대 문예비평사 연구에서 프롤레타리아 문학을 제1장으로 삼았음은 순전히 이 때문입니다."

쉬지 않고 인접 학문까지 캐어 원용한다는 반증으로 들린다.

어쨌거나 문학은 통틀어 표현이다. 평론인들 여기에서 벗어나기 어려운데, '명문을 쓰고 싶다는 생각을 아예 가져 본 적이 없다《문학사와 비평》 1975' 고 그는 일찍이 밝혔다. 다만 문법에서 크게 벗어나지 않는 문장이기를 바랄 따름이라고 했다. 《한국문학의 근대성과 이데올로기 비판》1987 머리말을 '해답보다도 잘 묻기 위하여' 라는 소제목으로 굳이 부연한 사연도 그 때문이지 싶다. 글쓰기의 기본 자세를 그렇게 시사한 셈이다.

둘 다 힘들기는 매일반이다. 쓰는 이의 개성이나 취향, 또는 장르에 따라 다른 솜씨와도 관련되는 일일밖에 없다. 독자의 입맛 또한 가지가지여서 일률적으로 좋다 나쁘다 재단할 것이 못 되거늘, 김윤식의 평문評文은 어디 내놔도 당장 표가 날 만큼 남다르다. 무수한 자문자답이 그의 개별화를 돕는 기호로 끊임없이 이어진다.

스스로 '……란 무엇인가' 묻고 '……아니겠는가' 로 말꼬리를 올려 반문조로 뒤미처 대답한다. '어떠할까' 로 단정을 유보하는가 하면, 언제 적부터인가는 또 '소설이란 무엇이뇨' 투 구식 어법으로 천연스럽다. 김 아무개, 박 아무개 작가의 성명 삼자를 제대로 대지 않고 '김씨' '박씨' 로 막 부르는 건 또 어떤가. 뿐만이 아니다. '……하기 때문' 으로 어미를 사사오입 동강내고, '……이지요' 로 까탈스런 평론

문투를 수더분하게 다듬는다.

'고언 한마디'로 아픈 데를 건드리고, '비평적 포인트'로 막판에 요점을 추린다. 처음엔 퍽 생소하고 마음에 들지 않았다. 목에 꺽꺽 걸리듯 야릇했는데 보아 노릇하니 괜찮다. 오히려 구수하게 눈에 익어 친근한 울림으로 다가온다. 그걸 본뜨는 사람까지 더러 생겼으니 그만하면 알조다. 각별한 글쓰기의 한 보기로 터를 잡은 것 아니겠는가.

남의 글을 숱하게 대하고 천착한 나머지 자리를 굳힌 산전수전의 한 경지요 결구結句일 테다. 장황한 미문의 홍수에 진력나 일부러 투박하게 나간 '혐의'가 짙다. 텍스트 이상으로 화려한 미사여구에 저절로 흘려 핵심을 놓치기도 하는 일부 젊은 평론가들의 허를 찌를 셈이었는지 모른다. 글자 몇 자 고르자고 몇 시간씩 낑낑거리다 보면 누구나 그만한 유혹에 빠져 묘사의 궁극적인 의미나 미덕을 놓치기 쉽다. 화장을 지운 소박하고 강건한 문체가 그래서 때때로 그리운 마당이다.

밥 먹고 줄창 한 가지 일에만 매달리는 사람에겐 당해낼 재간이 없다는 경험칙을 마지막으로 상기하며, 일관되게 가지런한 머리말 모음에 쓸데없는 군소리를 덧대지나 않았는지 저어한다. | 2001 |

문학 잡지의 나이

지난 호 《현대문학》으로 연재를 마친 《백남준
의 비데아-비데올로기》는 그의 다른 면모를 재확
인시키는 글이었다. 관심이 많은 독자들은 몹시 반가웠겠
는데 나는 버거웠다. 관심 여부를 떠나 그 세계엔 처음부터
판무식하기 때문이다. 게다가 미적분 비슷한 공식까지 동
원하는 아방가르드 기법을 무슨 수로 소화한담…….

하지만 일찍이 사마천에도 흠뻑 빠졌던 '비디오 철학자'
의 동서를 마음대로 넘나드는 논조에 어느새 끌려 들어가
는 날도 있었다. 첨단 과학과 예술의 만남에 대한 설명이나
비유가 그만큼 삽상한 덕이다. 따라서 빗금을 긋듯 행간을
건너뛰는 내 나름의 속독법에 냄새 나는 노년의 눈치를 보

태면 대의大意 파악이 정도껏 가능했다. 하노라면 다음과 같은 백남준식 아포리즘을 어라, 챙길 수 있다.

> 수백 년 전에 니체가 말했다…… '신은 죽었다' 라고. 이
> 제 나는 말한다. '종이는 죽었다…… 화장지만 빼고.'

20여 년 전 멜빵 차림으로 귀국하여 나와 인터뷰를 했을 적에도 듣던 말이다. 어디가 달라도 다른 걸출한 인물의 앞서가는 진화론인 셈인가.

그렇대서 누가 놀랄 리 있나. 본인도 저간의 사정을 잘 알면서 피운 능청이자 역설의 과장법이지 싶은데, 지상紙上에 떠돈 말발로 치면 IT 세상에서는 문학도 일찍이 의사擬似 사망 선고를 받았다.

결과적으로 종이는 죽지도 않고 다만 사라지지도 않는 가운데, 문학은 인터넷으로 글판의 영토를 도리어 넓혔다. 시퍼렇게 살아 있는 문학을 두고 죽음의 조짐과 뜻에 대해 가타부타 주고받던 논란도 이제는 뜨막하다.

가라타니 고진의 《근대문학의 종언》은 특히 소설에 중점을 둔다고 했다. 그 소설所說이 애초에 뜨악하되 모호한 반어反語나 파격이 권태로운 정설을 줴박기 일쑤인 세상에 무슨

말은 못하리 정도로 관심을 두다 말았다. 일본서는 정작 반향이 별로인데도 한국에서 더 설왕설래하는 것도 그렇고, 미국의 일본인 3세인 프랜시스 후쿠야마의 《역사의 종말》에 덴 까닭도 있을 것이다. 우연의 일치겠으나 이 사람들은 '종말' 좋아하는구나 여길 따름이었다. 《역사의 종말》은 하물며 5백 쪽이 꽉 차도록 방대하여 부분부분 읽다 말았다. 내 무지와 이해력 부족 탓이 크지만 피에르 바야르가 쓴 《읽지 않은 책에 대해 말하는 법》에 따르면 그럴 수도 있다고 자위한다. 처음부터 끝까지 읽는 것이 모범 독서는 아니랬으니까.

아무튼 이 바닥의 풍요롭고 활발한 문학 행위야말로 죽지 않은 문학의 살아 있는 증거다. 개중에 갸륵하고 예쁜 것이 월간지들이다.

지금은 그리고 그런 문학지 가운데 제일 연장인 《현대문학》의 쉰다섯 생년生年을 축수하는 시간이다. 이야기할 사연이 많다면 많고 적다면 적은 형편이지만 당장은 함께 늙은 감회가 먼저 앞장을 선다.

잡지는 그러나 나이를 모르는 생물이다. 쌓이는 연륜에 전통과 권위를 덤으로 챙기며 또 다른 지향을 꿈꾸는 데 비해, 나 같은 불량 독자는 후고後顧밖에 내세울 것이 없어 월

말이면 손에 쥐는 이 잡지에 일단은 담담한 편이다. 오래 사귄 친구를 만나고도 '자네 왔는가' 한마디로 수수하게 인사를 때우는 식이다.

안 보면 물론 서운하다. 중요한 월중 행사를 빠뜨린 듯한 기분이 절로 허전하여 또박또박 책장을 넘긴다. 더러는 기름기 밭은 엄지에 침까지 발라 가며 정성스레 읽는다.

유난히 그림과 사진에 신경을 쓰는 눈치인 스타일리스트적 편집에 주목하며 전위파 기질로 신선한 광고에도 미소를 머금는다. 무슨 가스주식회사 피아르 사진이 이리도 멋지다냐. 무색무취한 가스는 증발하고 유명 사진작가의 작품만 남아 눈을 시원하게 하는구나…… 알 듯 모를 듯 다양한 색상과 도안의 뜻을 새기려 든다.

어디까지나 일방적으로 하는 말이지만 더불어 보낸 쉰다섯 해 독자 노릇이 이렇게 어물어물 남다르다. 함께 견딘 간난과 빈곤의 세월이 서로 애처롭고, 때문에 잡지도 문인도 단명하기 일쑤였던 지난날이 오늘의 경사에 겹쳐 찔끔 감상에 젖는다.

마라톤으로 치면 혼자 선두를 늘 지키는 《현대문학》 55년이 대단하다. 골인 지점이 따로 없고 산술적으로는 끝내 줍

혀지지 않을 2위 3위와의 거리가 상당하다. 하나 한국보다 앞선 나라들에 대면 당연히 연조가 짧다. 오죽하면 예전엔 '3호 잡지'라는 말까지 나돌았으랴. 거창한 창간사로 깃발을 날리며 나왔는가 하자 고작 석 달 만에 간다는 말 한마디 없이 사라진 정기 간행물이 부지기수였다.

그래서 이를테면 잡지 왕국 미국과 우리를 맞바로 비교하기 힘들다. 하지만 어떤 계제에 접한 미국 잡지의 뜨내기 독자 경험이 오늘 다시 새롭다.

내가 맨 처음 손에 든 《어틀랜틱The Atlantic》과 《하퍼스 매거진Harpers Magazine》은 그쪽 월간 문예 종합지의 쌍벽이다. 《어틀랜틱》의 창간 연도는 1857년이고 《하퍼스》는 1850년이다.

'《어틀랜틱》이 게재하는 것은 모든 게 문학이 된다'는 긍지에 고개를 끄덕일 만큼 역사가 긴 이 잡지를 일 년 남짓, 《뉴요커The New Yorker》《양키Yankee》《하퍼스 바자Harpers Bazaar》《에스콰이어Esquire》《보그Vogue》《레이디스 홈 저널Ladies Home Journal》《미즈Ms.》《세븐틴Seventeen》 등등과 함께 다달이 구경했다. 내용을 이해할 능력이 없는 까닭에 제목이나 겨우 훑으며 눈요기 수준의 분위기 파악에 힘썼다.

하다가 확인한 것은 문예지의 오지랖이 퍽 넓다는 사실이었다. 순문학에만 매달리지 않고 독자의 소양과 고급 취미에 걸맞은 에세이랄지 시사 칼럼에도 신경을 쓰고 있었다.

창립 연도가 150년을 넘을 지경으로 긴 여성지들은 또 우수한 단편소설을 가끔씩 곁들여 독자의 교양을 북돋우고, 작가도 큰 영예로 알았다고 한다. 요컨대 객관적으로 높은 수준에 오른 매체와 전문 지식인의 상호 인정이 여유작작 자연스러웠던 것이다.

〈꽃신The Wedding Shoes〉의 작가 김용익 씨 역시 내게 그렇게 말했다1984년 가을. 그 작품을 대학 선생님에게 보였더니 《하퍼스 바자》에 보낼 것을 권유했고, 그것이 채택되어 작가로 데뷔했다1956년. 그리고 〈겨울의 사랑〉 〈종자돈〉 〈한국의 달들〉 〈뒤웅박〉 〈행복의 계절〉 등 많은 장 · 단편을 국내와 해외에서 발표한다. 발표 지면 또한 다양했다. 《뉴요커》 《어틀랜틱》 《스토리스Stories》 《스와니 리뷰Suwannee Review, 계간》 같은 잡지에 실었다.

그런데 왜 데뷔작의 발표 무대가 여성지일까. 이유는 간단하다. 방금 말한 느슨한 경계 때문이다. 《하퍼스 바자》는 더구나 가장 오래된 문예 교양지 《하퍼스 매거진》의 자매지이자 미국의 거대 출판사 '하퍼 앤드 로우' 소속이다. 그러므로 〈꽃신〉의 내용을 감안하여 《하퍼스 바자》를 통해 발표토록 한 것 같다. 추천제도 신춘문예도 없는 편집자 우선優先

241

사회의 대범한 재량인가 한다. 어네스트 헤밍웨이의 〈킬리만자로의 눈〉도 《에스콰이어》에 실렸던 작품이다. 토마스 만, D.H. 로렌스의 몇몇 단편 또한 이하 동문이다. 처음엔 남성 패션지로 출발했다가 종합 교양지로 터를 넓힌 이 잡지는 한국어판도 내고 있다.

이른바 싸구려 펄프 매거진Pulp megazine인들 없을까마는 그거야 어느 세상에나 있는 거품 아닌가. 유명한 잡지일수록 명성에 걸맞은 개성을 표방하기 바빴거늘 그중 하나가 《에보니Ebony》였다. 제호가 가리키는 '흑단黑檀'이라는 나무의 생김새는 잘 모르겠으나 내용이 모두 흑인 일색이다. 백인은 한 사람도 등장하지 않는, '흑인을 위한 흑인에 의한 흑인의 잡지'가 인상 깊었다.

일본으로 눈을 돌리면 사정이 많이 다르다. 순문학지와 다른 월간지의 구별이 우선 뚜렷하다. 창간 1백 년을 넘는 《신조新潮》는 1904년 신조사新潮社에서 발행했다. 문예춘추사文藝春秋社에서 내는 《분가쿠카이文學界 · 1933년》와 강담사講談社의 《군조群像 · 1946년》, 그리고 집영사集英社의 《스바루1979년》가 차례차례 나타나 솜씨껏 일본 문학의 센서를 자임한다. 터울이 매우 뜬 창간 연도의 장단이야 어떻든.

부질없다. 남의 나라 문학지들의 나이를 들어 우리 형편을 되새기는 짓이 공연하지만 일본에서는 대형 출판사들이 저마다 뒤를 받치는 모양이 든든해 뵌다. 좀 더 보기 좋은 것은 이들 4대 문학지 광고가 달에 한 번씩 메이저 신문의 1면 하단을 품위 있게 장식하는 일이다. 똑같은 크기로 지면을 나누어 어깨를 겯듯 나란히 나와 그달 치 주요 목차를 펴 보이는 것이다. 신문이 먼저 멍석을 깔아 주었다.

이른바 퀄리티 페이퍼를 표방하는 종이 매체의 광고 전략으로 치면 그만이되 첫 페이지 아랫도리를 날마다 책으로 메운 지 오래되었다. 지적 교양 상품을 가지런히 세워 독자의 아침을 차분하게 만드는, 별것 아닌 듯 소소한 전통을 항례로 굳혔다.

자전 소설로 《현대문학》 55주년 기념 특집을 꾸몄다 한다. 얼마나 진진하고 익살스럽고 슬프고 감동적인 이야기들을 썼을까. 당장은 볼 수가 없어 참아야겠다.

통권 백호1963년 4월호 특집은 '지방 문단의 현황'이었다. 박종화·백철·양주동·이희승 선생이 축사를 쓰고, '시 30인집'에는 유치환·이호우·김춘수·김수영 시인 순으로 쟁쟁한 이름이 화려하게 진을 쳤다.

장황해질까 봐 2백호 4백호는 빼고 3백호 5백호를 보자.

3백호1979년12월호는 그때까지 시와 소설로 현대문학상을 받은 이들의 신작으로 특집을 삼았다. 소설가만도 무려 18명이 동원되었으니 그런 장관이 없다.

5백호1996년8월호는 530쪽의 두께가 만만찮다. 권두에 《현대문학》 통권 500호를 말한다김용직 김윤식 전영태 이동하 는 좌담회를 얹고, '50인 시특집'으로 기둥을 세웠다. 열다섯 분의 500자 축사로 양념을 치고 희곡도 두 편이나 실었다.

5년 전의 50주년 기념은 지상誌上의 활자로만 그쳤던 자축을 밖으로도 확대한 의미가 컸다. 그러다 갑년甲年을 바라보는 시점에서 쉬어 가는 해를 맞았다.

1955년 정월생인 《현대문학》의 55주년은 다섯 오 자가 무릇 몇 개인가. 홀수 하고도 다섯 오를 무척 선호하는 우리네 정서에 비추어서도 그냥 넘기기 어려웠을 게다.

하여 겸사겸사 글잔치를 차린 줄 안다. 그건 그것대로 축하를 받으며, 나이가 들수록 새로워야 할 잡지의 기쁘고 힘든 생리를 거듭 다져야 하리라.

'나이는 숫자에 불과하다'는 시쳇말이 있다. 꽉 찬 연치에도 불구하고 근력이 넘치는 극소수 노년의 자기 맹세 같은 것이다. 온 · 오프라인 미디어의 말 인심이 또 그들의 힘자랑을 실제 상황의 영상과 더불어 부추기기 쉽다. 좋은 일이지만 그래서? 이후가 없는 빤한 허세가 아쉽다.

보다 새로운 가치관 제시를 업으로 삼기로는 문예지만 한 기능도 없다고 생각한다. 그만한 내력을 염두에 두면서 숨 가쁘게 달려온 지난날을 되새기고 다시 행장을 차리는 월간지의 나이야말로 숫자에 지나지 않는다. 당대의 유행어와는 입말만 같고 실질은 엄청 다른 차원에서 말이다.

문제는 무엇이 얼마나 새로운가를 검증하면서 바깥 세계와도 통하는 상상력의 수준을 높이는 일이다. 《현대문학》이 곧 문학의 중심이었고 문학 자체였던 시절이 있었다. 하지만 다 늦게 그걸 코에 걸면 천격이다. 전통을 부담으로 느낄 것도 없다.

여담이지만 《현대문학》 창간호에 글을 쓴 59명 가운데 살아계시는 분은 수필가 전숙희 선생^{2010년 8월 타계}과 서양화가 이준 선생뿐이다. 나머지는 모두 이 세상 사람이 아니다. 최남선 · 염상섭 · 최정희 · 유치환 · 마해송 · 김환기 · 오영진 · 손우성 · 백철 선생 등이다.

그때 이미 대가요 기성 문인이었던 분들의 연세를 생각하면 짐작이 간다. 그러나 훨씬 젊은 나이에 데뷔했다가 세상을 뜬 그 시절의 문인도 참 많다. 예를 들건대 《문예》에서 추천을 받은 20여 명의 시인 작가 역시 거진 다 고인이 되었다. 둘인가 셋만 남았다.

　말을 바꾸면 그 정도로 문단 인구가 젊어졌다는 얘기다. 많고 많은 문학지의 필진을 보면 안다. 나 같은 노틀의 눈으로는 8할은 너무하고 7할가량이 낯설다. 그렇다면 농담을 날려도 되겠다. 새로운 문학은 목차에서 예전에 이루어졌노라고. 새 이름은 새 경지를 트고 나오는 까닭에 이 말은 또 농담 아닌 진담으로 쳐도 무방하다. 자연스런 물갈이가 저절로 절반의 성공을 보장하고 남을 만치 문학판이 벼락처럼 젊어진 것이다.

　진단은 무책임하고 처방 또한 경박하다는 소리를 들어 싸겠지만 그게 현실이고 지당한 대세 아닌가. 판이 바뀌면 바뀐 대로 편집자는 노상 고민에 쌓이기 마련이다. 아니할 소리로 선택의 기로에 서서 무엇을 취하고 무엇을 버릴 것인가를 놓고 방황하는 것이 이 직업의 즐겁고 신나는 숙명이다.

　그에 따른 책임이야 무겁다. 칭찬은 야박하고 그 밥에 그 나물이라든가 옛날식 여관 밥상 같다는 책망을 듣기 십상이다. 언젠가는 젊은 후배가 여관 밥상이 뭐냐고 묻기에 그냥 웃고 말았거늘, 편집자의 보람이나 재미는 그 같은 고뇌의 다른 이름이다. 실패한 모험도 정체(停滯)보다는 낫다는 기백과 함께 마음의 여유가 넘쳤으면 좋겠다. 연재가 많으면 타성으로 비치는 연유는 예나 이제나 매일반일 테고.

어느 편이냐 하면 우리나라 문학지는 대체로 너무 경직돼 있다고 본다. 제호에 하나같이 '문학' 아니면 글월 문文자라도 넣는 일률적 자세가 그렇다. 시침 뚝 떼고 에둘러 능청을 부리는 제호도 앞으로는 보고 싶다.

책임질 것도 아니면서 부수 걱정까지 할 처지가 못 되지만 앞에서 언급한 일본 문학지들도 달마다 팔리는 부수가 잘해야 6~7천 부라고 들었다. 찍기는 1만 부쯤 찍되 실지로 나가는 것은 그 정도라는 것이다. 돈 안 되는 문예지의 한계는 어디나 불가피한 모양이다.

그런 어려움을 마다않고 《현대문학》은 반세기도 넘게 독자에게 고품격의 읽을거리를 공급하고 문학인 공유의 창작 마당을 굳세게 지키며 파일럿 역할을 해 왔다.

한 가지 궁금한 것은 요즈음의 《현대문학》 독자층이다. 초창기에는 문학 지망생과 중고등학교 교사가 상대적으로 많았다. 그들이 중심을 이룬 만큼 정기 구독자 제도가 탄탄하여 운영에 큰 도움을 주었을 뿐만 아니라 《현대문학》이나 《사상계》를 들고 다니는 대학생과 '문청'이 덕택에 늘고, 그걸 은근히 자랑하는 기풍이 전후의 삭막한 풍토를 조금은 푸근하게 녹였다고 믿는다. 그리고 바지 뒷주머니에《타임》이나 《뉴스위크》지를 꽂는 유행이 바깥 세계를 응시하는 꿈을 장차 키웠대도 과언이 아니다.

1백주년 기념호는 어떤 모습일까. 저 세상에 가서도 어줍잖은 축사를 뇌까릴 수 있을까. 꿈도 크지만 아직은 입이 살아 주접을 떤다. 송곳으로 1백 장짜리 원고지에 구멍을 뚫어 검은 끈으로 묶던 날이 엊그제 같다. 우편으로 보내도 될 것을 배달 사고가 겁나 직접 들고 가던 추억을 내 깐에는 소중히 간직하고 있다. | 2010 |

어떤 일본 문학 산책

1980년 여름 나는 일본 규슈의 한 탄광 취재에 나섰다《동아일보》재직 때. 후쿠오카에서 기차로 한 시간 거리인 오무타大牟田 시 근방의 미츠이 미이케三井三池 탄광이었다. 그 시기에 가동 중인 현장으로는 유일했다. 석탄 전성기에는 규슈지방에만 2백여 곳을 헤아리던 탄전이 모조리 폐광한 상태에서 관의 지원을 받아 겨우 움직인댔으니 지금은 흔적마저 사라졌으리라.

산에서 탄을 캐는 게 아니었다. 거의 수평 상태에서 바다 밑으로 7km까지 뻗은 갱도坑道를 통해 채탄한다는 사실이 희한했다. 해방 직전의 종업원은 2만5천 명. 그중 징용으로 끌려간 한국인은 2천3백 명 안팎이었는데 당시의 수용 시설이 빈집인 채 아직 남아 있었다. 숙소라기보다는 한꺼번에 백 명가량을 몰아넣었던 나야納屋에, 다코베야蛸部屋로 천시되던 목조 건물들이 몹시 우중충해 보였다. '구마熊' '후쿠福' 따위 지극히 일본스런 문패를 일련번호 대신 달고 늘어선 모양이 땡볕 아래 어설펐다. 15시간씩 일하고 받은 일당은 한국인이 2엔 안팎. 일본인은 3~4엔이었다.

문학 이야기치고는 허두가 좀 난데없을지 모르겠으나 '경술국치 100년'을 다룬 신문 기사를 읽다가 떠올린 누추한 기억이다. 한일 양국의 과거를 되짚고 동아시아의 평화로운 미래를 전망한 시리즈 가운데 한 꼭지가, 마침 규슈 지역 탄광에서 중노동에 시달리다 죽은 이들의 유골 수습 문제를 들고 나왔기 때문이다. 그때 그곳을 가 본 자의 감회가 남다를밖에 없었다.

날만 궂으면 새삼스럽게 뼈마디가 쑤시는 고질 같은 존재로 일본을 싸잡아 느낀다든가, 좋다 나쁘다는 외마디 이분법으로 그쪽 사회를 바라보지는 않는다. 그러기에는 피차의 일상 속에 스며든 관계가 이미 전면적이다.

하지만 백 년이 되도록 아물지 않은 상처는 상처대로 남아 지난날의 불편한 심기를 건드린다. 그때마다 들추게 되는 일본 알레르기 회상이 고약하거늘 그런 인식이나 감정의 차이도 나이 따라 층층인가 한다. '역사는 말살할 수 있어도 기억은 말살할 수 없다'는 말이 있듯이, 노년 세대는 몸으로 직접 치른 일본과 일본인에 대한 원체험을 쉬 내치기 어렵다. 젊은이들은 그러나 거침없다. 입지立地가 애초에 자유로운 만큼 마음의 그림자가 없어 보인다.

일본 쪽 인권 운동가들의 헌신적 활동이 또 상황 변화의 한 축을 이룬다고 보면 어떨까. 논픽션 작가 하야시 에이다이는 《강제연행 강제노동—지쿠호筑穂 조선인 갱부의 기록》1981과 《잊혀진 조선인 황군병사》1995 등의 책을 썼다둘 다 읽지는 못했다. 그리고 일본 불교 종단의 하나인 소토슈曹洞宗 스님들의 노력이 아니었으면 이번과 같은 유골 조사 자체가 있을 수 없다는 걸 신문을 통해 알았다. 650위位의 소재를 확인한 조동종의 인권옹호추진본부에서는 별도의 '참사문懺謝文'까지 진작 발표했다.

과거사 문제에 대한 일본 정부 차원의 성의는 영 트릿하지만, 티내지 않고 열심히 자기 나라가 저지른 잘못을 밝히고 뉘우치는 실천 운동이 그래서 더욱 돋보이는데 아직은 소수다. 마음속으로는 동조하면서도 여간해서 밖으로 드러내지 않는 일본 지식인 일반의 습성을 생각하게 만든다.

식민지시대 막판에 일본어 교육을 받고 자라다 해방을 맞은[주1]때 나는 막상 일본에 대해 깊이 안달 것이 없어 '경술국치 100년' 같은 거대 담론에 끼거나 조리를 갖춰 진술할 염을 못 낸다. 그럴 국량局量 또한 없다.

다만 내 의식 안에 잠재하든가 뇌리에 박힌 일본을 이런 기회에 한번 찬찬히 짚어 보고 싶다.

해봤댔자 똑떨어진 얘기가 따로 있을까. 두 나라 사람들의 무비자 내왕은 예전의 '교류'라는 말이 무색한 당일치기에 가깝다. 방 안에 앉아 실시간대로 NHK 뉴스를, 그것도 24시간 중 아무 때나 듣고, 〈료마가 간다〉는 등등의 역사 드라마를 골라잡을 수도 있다. 열기가 많이 수그러지기는 했지만 '욘사마'가 떴다 하면 하네다 공항이 그쪽 부인네들로 미어지는 소통의 태평천하를 산다.

이만한 기류 속에서 강퍅할 때 강퍅하고 무를 때 무른 노년의 마음인들 어찌 한결 같으랴. 아는 만큼 본다는 이치야 매번 옳되, 가다가는 눈으로 보고 역사를 통해 알고 지낸 소소한 경험이 외려 부담으로 처지는 날도 있다. 고통에 짓눌렸던 시절조차 세월이 지나면 넉넉한 심정으로 되돌아보면서 왕년의 찝찝한 굴절의 동안을 추억의 실마리로 녹이기 쉬운 것이다.

따라서 내 머릿속에 딱지처럼 들러붙은 일본을 더구나 문학을 중심으로 살피는 작업이 스스럽지만 생각이 꾸역꾸역 입이 좀 간지럽다. 일제강점기의 막바지 단계를 호되게 견디며 태평양전쟁에 정신없이 휘둘린 것이 내 또래 세대니까.

도대체 우리말로 된 동요조차 모르고 살았다. '울 밑에 선 봉선화'도, '나의 살던 고향은 꽃 피는 산골'도, '따르릉 따르릉 비켜 나셔요'도 배우지 못했다. 해방 이후에야 변성기 소년의 갈라진 목소리로 겨우 입에 올렸다.

일주일에 두어 번 꼴로 정해진 창가 시간에는 그러므로 일본 동요나 군가 합창이 예사였다. 〈유우야케 고야케^{저녁놀}〉를 불렀다. 역경을 뚫고 일어선 농민의 화신 〈니노미야 긴지로^{二宮金次郎}〉나 〈가카시^{허수아비}〉 또는 〈센유우^{戰友}〉 등의 노래를 목청껏 제창했다.

군가는 특히 고학년 무렵에 많이 배웠는데 곡조가 대체로 슬펐다. 왜 그럴까. 가사가 7절이나 되도록 긴 〈스이시에이노 가이켕^{水師營의 會見}〉도 가령 그렇다. 러·일전쟁의 승자인 노기 마레스케^{乃木希典} 대장과 패장인 스테셀 장군이 뤼순^{旅順}

에서 만나 회담한 내용과 가락이 축축 처졌다.

그때 당장 느꼈다는 게 아니다. 먹는 나이와 함께 고개를 갸우뚱거리게 만든 그들 군가의 이상한 특징이다. 경제가 바닥을 치면 상승 곡선을 긋는다더니 슬픔도 바닥을 치면 역전의 용기로 바뀌는가.

흰 무명 블라우스에 무릎 밑까지 내려오는 검은 세루치마 차림의 선생님한테서 배운 음악 아닌 창가는 아무튼 재미있었다. 여자 선생님은 물론 고개를 삐딱하게 젖힌 채 악보를 보면서 오르간을 치고 노래를 뽑아 아이들의 가창력을 도왔다. 하지만 '콩나물 대가리'를 배우기는커녕 제대로 된 교과서조차 없는 우리는 맨입으로 그녀의 간지럽게 고운 육성을 따르기 바빴다.

모두가 박자를 가릴 능력이 없고 교사도 그걸 요구하지 않았다. 요새 애들 문자로 퍽이나 '무뎃포'한 천연의 발성법을 맘대로 내질러 창가 시험도 보고 갑을병정甲乙丙丁으로 매기는 점수도 땄다.

노랫말은 그러나 어려웠다. 상급반이 되면서 부른 〈오보로츠키요어스름 달밤〉랄지 〈고오조오荒城노 츠키月〉는 까다로운 한문이 많아 정확한 발음과 해석에 애를 먹었다. 입학한 첫해만 《조선어 독본》을 배운 일본어 학습 6년의 실력으로는 여간 버거웠다.

그런 형편에 나는 주제넘게 친구 형이 구해 보는 《키네마 준포旬報》와 월간지 《깅구KING》 등의 잡지에 어깨너머로 흠뻑 빠졌다. 덕택에 하세가와 가즈오, 우에하라 겐, 사부리 싱, 에노모토 겐이치로에노켕, 반도오 츠마사부로반츠마, 아라시 간주로아라캉 같은 당대의 유명짜한 남자 배우와 지면으로 브로마이드로 안면을 익혔다. 여배우인 다카미네 히데코, 다카미네 미에코, 다나카 기누요, 하라 세츠코도 마찬가지다. 〈요이마치구사宵待草〉를 비롯한 영화 주제가도 덩달아 귀동냥하여 흥흥거렸다.

일일이 나열하기 무렴하여 《고오당구라부講談俱樂部》 독자로 무수히 만난 검호劍豪들 이름은 빼야겠다. 사토미 돈里見弴, 요시카와 에이지吉川英治, 오사라기 지로大佛次郎 나카자토 가이잔中里介山 등 필진이 쟁쟁했다. NHK 드라마에서 요즈음 방영 중인 이노우에 야스시井上靖의 《후우링가장風林火山》을 읽은 건 훨씬 나중인데, 외눈박이 주인공 야마모토 간스케山本勘助를 영상으로 대할 줄은 몰랐다.

기계총이 번진 머리를 긁적이면서 주린 배를 쓸기 십상이

255

던 소년에게 왜노래 부스러기는 무엇이고 '잔바라' 소설은 웬 말이냐고 퉁을 먹일 수 있다.

그러나 경황없는 낙박의 시간에도 딴전의 희망을 피우는 게 그 나이다. 배만 고픈 게 아니라 읽을거리에도 목이 마른 아이는 흰 종이에 찍힌 까만 글자만 보면 냉큼 혹하기 마련이었다. 의미는 차차 따져도 늦지 않다. 조금 과장하면, 츠나미로 사람들의 삶이 왕창 결딴난 와중에도 웃음의 소재素材를 만들어 시시덕거리는 조무래기들의 천진과 다를 것이 없으니까.

아닌 게 아니라 우리도 머잖아 조국의 광복을 맞았다. 함석헌 선생의 말을 빌리면, 싸워서 얻지 못한 '도둑같이' 들이닥친 해방의 기쁨을 실컷 누렸다.

얼마 되지 않는 일어책을 모조리 버리고 맛만 보다 만, 이름마저 '언문'에서 '한글'로 근사하게 격상된 우리나라 책을 찾아 헤맸다. 손에 닿는 대로 무작정 팠다. 난생처음인 영어 단자 몰입은 두말할 것 없다.

해방 직후의 나나 또래들은 참으로 긴장된, 그리고 어리어리한 현실에 갈피를 잡지 못했다. 다른 무엇에 앞서 여러 가지 학습의 기본 수단인 말의 혼돈 속에 갇히고 몰렸다. 넘치는 감동과 함께 되찾은 모국어는 아직 서툴고, 일어 대신 들어선 영어는 잔뜩 겁부터 주었다. 볼썽사납게 혀를 쑥 빼물거나 동그랗게 말아 올리는 발음 연습이 장난 아니었던 것이다. 아래윗니를 가지런히 맞추고 잇새로 침을 뱉듯이 소리를 밀어내는 둥 안간힘을 썼다. 수업 환경이 일거에 싹 바뀐 사춘기 중학생 교실에 탄식과 호기심과 웃음이 자글자글 끓었다.

그런 과정에서 교과서 공부 이외의 차고 넘치는 시간을 일본어로 번역된 서양 소설 읽기로 때웠다. 미련 없이 쓰레기통에 팽개쳤다고 믿은 왜말을 도로 주워 재활용한 셈이다. 우리 소설책과 시집은 구경하기 힘든 반면 일어 서적은 입수하기 쉬웠던 때문이다. 제 나라로 돌아가는 일인들이 버리다시피 처분하는 바람에 말만 잘하면 노천시장이나 고물상에서 종이 값에 불과한 돈으로 살 수 있었다. '기마이' 좋은 아저씨는 두께가 얇은 책을 공으로 껴묻혀 주기도 했다.

단테의 《신곡》도 그렇게 구했던가. 눈요기 삼아 패망한 나라의 책 더미를 슬슬 뒤지다 말고 낱권으로 굴러다니는 신조사新潮社판 《세계문학전집》을 만난 기쁨이 컸다. 두꺼운 양장본이라서 헐값에 입수하지는 못했던 것 같은데, 들은 풍월로 막연히 아는 책의 문학적 무게를 내색하지 않으려고 애썼지 싶다.

그랬다면 참 우습다. 상대방은 오직 서적의 훼손 정도와 자기 손바닥에 실린 중량에만 의존한다고 믿은 소년의 알량한 우월감이 잔망스럽다.

하나 풋내기 홍정도 홍정이다. 리어카에서 건진 문화재급 희귀본을 두고두고 자랑하는 학자도 있는 터에 까짓 번역서 횡재가 무슨 대수인가. 나는 어떻든 《신곡》이 번호 1번을 달고 전집의 선두를 장식한 사실에 특히 유의했다. 한다한 서양 작품을 출판사가 매긴 순서대로 섭렵하는 것도 나쁘지 않겠다고 마음먹었다.

웬걸, 지금도 갖고 있는 《신곡》의 난삽에 데어 생각이 곧 바뀌었다. 책을 펴자마자 전개되는 지옥, 연옥, 천국의 구조와 도해圖解에 질려 이제부터는 뜻 깊고 재미진 놈부터 골라 읽기로 작정했다.

한다고 기껏 손에 쥔 《신곡》을 끝내 외면했을라. 돈이 아까워서도 죽어라 하고 알 듯 모를 듯 난해하고 장엄한 노래를 따라잡고자 애썼다.

울긋불긋 예쁜 베로 표지를 감싼 《일본문학전집》에 대해서도 말하랴. 이 글 제목에 충실하자면 등장인물과 작품을 간략하게나마 소개할 일이로되 지루하고 민망할 듯한 생각이 앞선다.

문학의 속성은 모범생의 독법처럼 위에서 아래로 줄기를 세워 고지식하게 냠냠거리는 걸 싫어한다고 들었다. 따라서 삭은 세월 저쪽의 혜식은 이야기를 일단 접으려니와, 일본어가 어떠니 일본 문학이 저떠니 주워섬기는 경망이 실은 가소롭다. 학교에서 배운 걸로는 어디 가서 겨우 밥이나 사먹을 지경으로 '니혼고'가 초라했던 까닭이다. 《깅구》 잡지에서 더러 엿본, 일본 단시短詩 중에 격이 한참 처지는 〈센류川流〉나 즐긴 안목으로는 그들의 초기 소설을 제대로 이해하기 힘들었다. 꾀까다로운 한자漢字에 깨알보다 훨씬 작은 루비ruby활자로 '후리가나'를 달았기 망정이지 요새같이 한문만 좍좍 실으면 어림없었을 터이다.

하나마나한 소리지만 그때 이래로 우리나라에 유입된 일본 문학의 대종은 곧 소설이다. 기타하라 하쿠슈北原白秋, 다카무라 고타로高村光太郎, 하기와라 사쿠타로萩原朔太郎 등으로 대표되던 시는 영 잠잠하다. 그 시절이 그리울 만큼 적적한 편이다. '하이쿠'가 오히려 현대인의 환심을 사 구미 여러 나라로까지 판도를 넓히는 형세이고, 에도가와 란포江戸川亂步, 마츠모토 세이초松本清張로 이어진 추리 소설은 고정 독자가 여전한 별도의 영역으로 쳐야겠다. 일본에는 유난히 그쪽 독자가 많거늘, 최근 들어 한국어로 번역했거나 직접 들어온 히가시노 게이고東野圭吾의 추리물만도 여남은 가지나 된다.

이시카와 다쿠보쿠石川啄木 덕에 한층 시세를 탄 〈단가短歌〉를 합치면 장르가 엔간히 다양하다. 일단 생긴 문화 예술을 끝까지 품고 가는, 하다못해 손가락 인형사人形師도 대를 잇는 그들의 전통 사랑과 저력이 부럽다.

소설은 하물며 말할 것이 없다. 백 년 전에 세상을 뜬 나츠메 소세키夏目漱石와 그보다 조금 뒤진 시마자키 도손島崎藤村이나 시가 나오야志賀直哉 작품이 새내기 작가들과 나란히 어깨를 겯듯 우리 대형 서점에 즐비하다. 넓고 두터운 독자층이 꾸준히 뒤를 이어 생명력이 길다. 물건이나 사람을 좀처럼 버리지 않는 정신이 무섭다. 탐난다.

그중에는 오자키 코요尾崎紅葉의 《곤지키 야사金色夜叉》도 있다. 대한제국이 망한 1910년 초기, 이중환李重桓이 번안한 《장한몽》의 원본인 셈이다. 총독부 기관지 《매일신보》에 연재해서 그야말로 장안의 지가를 올린 통속 소설인데, 조중환은 자신의 아호를 딴 조일재趙一齋라는 이름으로 다시 신파극을 만들어 대박을 쳤다. 남녀 주인공인 이수일과 심순애를 모르면 개명한 사람 축에 못 든다는 기세로 호황을 누렸다.

무려 한 세기 전 얘기다. 번안한 책과 〈대동강변 부벽루에 산보하난……〉 연극은 업신여김의 상징어인 '신파' 로 낙인 찍혀 가뭇없다. 일찍 사라졌는데 《곤지키 야샤》는 이웃 나라인 우리 책방에 요새도 떡하니 건재하다.

남을 만해서 남고 독자의 수요를 좇아 중판을 거듭하는 일본 독서 시장의 성쇠를 누가 말리랴. 그런가 보다 치부하다가 언뜻 문학적 '시니세老鋪' 를 연상하기도 한다. 취향과 성깔이 각각 다른 일군의 작가를 두고 섣불리 재단하기 어렵지만, 일본 문학의 초창기를 주름잡은 이들 거장을 일괄해서 바라보자면 그렇다.

예나 지금이나 구경꾼처럼 그쪽 소설을 읽은 나의 독단이되 상관없다. 오히려 또 하나의 억설을 부리고 싶다. 일본의 현대문학은 아쿠타가와 상과 나오키 상의 탄생 이전 이후로 갈린다는 점이다. 분위기나 경향이 그렇다고 넘겨짚는다.

두 상이 반드시 시대의 변화와 갈수록 까탈스러운 독자의 입맛이나 욕구를 재빨리 예감하고 부추기기 위해 출현했을까. 기다 아니다 탓할 것이 없는 발상이지만 결과적으로 그이상의 역할을 했다.

연에 두 차례, 순문학과 대중문학으로 부문을 갈라 동시에 발표하는 양산 제도가 무슨 자격증이나 품계처럼 작가를 수상자와 비수상자로 나눈다. 독자의 선택과 책의 판매 기준으로도 작용하는 등 영향력이 막강한데, 웬만한 일의 발단이 대강 그렇듯이 상을 만든 애초 의도는 무척 소박했다. 《분게이슌주文藝春秋》를 창간한 작가 기쿠치 간菊池寬이, 함께 잡지를 편집하다 세상을 뜬 아쿠타가와 류노스케芥川龍之助, 1927년 자살와 나오키 산주고直木三十五, 1934년 병사를 추념하고자 1935년에 제정했다.

나오키는 장난기가 많았던 모양이다. 맨 처음 작품을 발표할 때의 필명은 실제 나이 대로 '나오키 산주三十'라고 썼다. 그 다음부터는 먹는 나이를 좇아 三十一, 三十二, 三十三, 三十四로 나가다가 선배 기쿠치의 '어지간히 해 두라'는 핀잔을 받고 三十五에서 멈췄다.今東光《毒舌文壇史》

〈우키구모浮雲〉의 작가 후타바데이 시메이二葉亭四迷의 펜네임은 더 웃긴다. 일본말 '구다밧데 시마에죽어 버려라'를 곧이곧대로 한자화한 까닭이다. 일본식 말장난인 고로語呂아와세, 즉 말의 가락 맞추기에 다름 아닌데, 다들 아시는 대로 일본인의 이름은 기기묘묘한 것이 말도 못하게 많다. 한국인 성씨姓氏가 270개 내외인 데 비해 일본은 30만 개도 넘는다korean works編《나루호도 事典》. 게다가 읽는 법이 제멋대로여서 자기네끼리도 어떻게 발음해야 할지 절절매기 일쑤다. 괴상한 이름을 만나면 뒷전에서 수군덕거리기 쉽다.

무라카미 하루키의 《1Q84》 여주인공도 당했다. '아오마메靑豆'라는 이름 때문에 사람들의 웃음을 산다. 전무후무한 자기 성명을 대자마자 킥킥거리는 통에 쌓이는 스트레스가 만만찮았던 것이다.

아쿠타가와 상과 나오키 상을 창시한 기쿠치도 그것이 이 정도로 유세를 부릴지는 몰랐을 터이다. 70년대 초반의 어느 해던가. 나는 《동아일보》의 《여성동아》 제작에 따른 벤치마킹의 일환으로 분게이슌주사를 방문했다. 편집장을 만나 이런저런 얘기를 하면서도 28쪽의 얇디얇은 수필 쪼가리로 출발한 잡지와 두 문인을 기리자고 시작한 문학상의 거대한 성공 사례가 머리에서 떠나지 않았다.

아쿠타가와 상과 나오키 상 이외의 문학상도 수백 가지다. 이 상을 받지 않고도 대성한 작가가 대세거늘, 후보로 올랐다가 탈락한 다자이 오사무, 무라카미 하루키, 요시모토 바나나가 두드러진 예다. 다니자키 준이치로谷崎潤一郎 문학상 수상자인 츠츠이 야스타카筒井康隆가 쓴 《오오이나루 조소助走》〈대단한 도움닫기〉, 한국에서 번역한 책 이름은 《소설 일본문단》를 보면 숱한 문학상의 선정 과정이 꽤 난잡하다. 유수한 작가로 평판이

263

높은 오오카 쇼헤이大岡昇平는, 이 소설을 '100여 년 일본 문단사상 가장 규모가 크고 다양한 기념비적 작품이다'고 극찬했다. 요코미츠 리이치 문학상 제1회 수상자인 그의 대표작 〈노비野火〉에 감동한 기억이 새롭다.

우리나라 젊은 세대들이 들으면 하품이 나올 소리를 장황하게 늘어놓은 감이 없지 않다. 생전 처음 대하는 작가와 소설 제목이 우선 뜨악할 게다. 그걸 잘 알면서 곰팡내 나는 헌 책을 곰비임비 들추고 헤치듯 말하는 시간이 딴은 겸연쩍다. 하나 이름 한번 식물성으로 선선한 요시모토吉本 바나나의 《키친》이나 에쿠니 가오리江國香織의 《락카落下스루 유우가다夕方》도, 일본의 호가 난 옛 작품과 비교해서 읽으면 맛이 새로울 테다.

유무상통의 시장 생리에 따라 한국 소설이 챙겨 주지 못한 결락을 젊은 일본 작가들의 톡톡 튀는 감성에서 찾는 심리야말로 자연스럽다. 당연한 취향으로 참견할 일이 아니되 우리의 일본 문학 접촉은 그런 경향이 지나쳐 속살이 알차고 듬직한 중간층이 텅 비어 있다. 내 편견이라면 그만이지만, 이를테면 아베 도모지阿部知二, 홋타 요시에掘田善衛, 아리요시 사와코有吉佐和子, 아베 고보安部公房 등이 빠져 서운하다. 아,

고바야시 다키지小林多喜二도 있다. 그의 대표작 〈가니고오센蟹 工船〉〈도오세이카츠샤黨生活者〉가 일본에서 갑자기 리바이벌 붐을 타고 있대서가 아니다. 그 나라에서는 드문, 노동자의 인권을 추적한 소재와 짱짱한 문장이 이왕에 특출했다.

오늘날은 그리고 무라카미 하루키의 《1Q84》 선풍이 요란 하다. 일본은 말할 나위 없다. 한국의 독서 시장마저 들었 다 놓을 형세로 바람이 세다. 그의 소설은 무국적성에 넘친 다고들 한다. '니혼진 바나레일본 냄새를 풍기지 않는 일본인' 감각이 자연스럽게 녹아들어 어느 나라 독자에게나 이야기가 낯설 지 않다. 《노르웨이의 숲》《렉싱턴의 유령》《세계의 종말과 하드보일드의 원더랜드》《빵집 재습격》 등등의 제목이 벌 써 시사적이다. 그렇다고 작가가 노상 세계성을 의식하는 것 같지는 않다. 《1Q84》의 첫 단락에 '줄거리 전체는 환상 적인데 세부 묘사가 끝내주게 리얼하다. 그 밸런스가 기막 히다……' 라는 대목이 있다. 남자 주인공 덴고天吾의 입을 빌려 서술한 말인데, 하루키식 문장 운행의 재미가 곧 그거 다. 일상 묘사가 절묘하고 자연스럽다.

전문적으로 영어 공부를 한 적이 한번도 없다村上春樹柴田元幸 대담집《번역夜話》면서 번역한 영어 소설이 십여 권이다. 소설가 의 육체 노동에 대비하여 26년 동안이나 마라톤 풀코스를 매해 달렸다. 그걸 다시 책으로 엮었다《달리기를 말할 때 내가 하고 싶은 이야기》. 무서운 노인하루키도 어느덧 환갑이다의 끝없는 질주가 놀랍다.

여담이지만 소설가 고지마 노부오小島信夫는 지난 2006년 90세에 《잔광殘光》이라는 장편을 썼다. 기억상실증에 걸린 아내를 병원에 뉘어 놓고.

한국에서 일본 작품을 정식으로 출판하기 시작한 것은 1960년부터다. 신구문화사에서 낸 《전후戰後세계문학전집》 7권째가 《전후일본문학전집》아홉 작가의 중·단편 9편이었다.

세 편집위원白鐵·安壽吉·崔貞熙이 권두에서 밝힌 '이 책을 읽는 분에게'를 보자.

진부하고 통속적인 말이기는 하나 문학에는 국경이 없다고 한다. 그러나 해방 후 일본과 우리나라 사이에는 분명히 문화에도 국경은 있었다. 지리상으로 볼 때 한국과 일본은 지호지간指呼之間이지만 정치상으로 볼 땐 현해탄은 태평양보다도 멀었다. 그러므로 인접 국가인 일본의 문학은 어느 다른 나라의 문학보다도 소원하기만 했다.

그런데 반갑게도 모든 것이 재검토되어야 할 시기가 온 것이다. 혁명은 문화에도…… 그리하여 편협 고루한 민족적 감정의 장막을 찢고 일본 문학을 대해야 될 호기도 놓쳐서는 안 된다.

……(중략)……

어찌 일본인이라는 국적 하나만으로 그들 문학에 금제禁制의 말뚝을 박아야 할 이유가 있겠는가? 불란서에서 적국이었던 독일 문학이 자유롭게 소개 연구되고 있는 것처럼, 비록 민족적 원한이 있다 할지라도 일본 문학이 우리에게 소개되어야 함이 문화 국가로서의 아량이 아니겠는가? 백보를 양보해서 그들 문학까지도 적대시해야만 될 이유가 있다 할지라도 적을 알기 위해서도 그 소개는 필요하지 않겠는가?

……(후략)……

여기서 말하는 '혁명'은 곧 4·19혁명이다. 그런데 '혁명은 문화에도……' 다음에 의당 이어야 할 구절을 말없음표(……)로 대신하고 말았다. 어물어물 넘겼거늘 당시의 사정을 이해하지 못할 것이 없다. 4·19로 온 세상 분위기가 확 바뀌었는데도 아직은 뒤숭숭한 정치 환경에 덜미 잡혔기 때문이었을 것이다.

그만한 연유야 아무튼 반응이 굉장했다. 출판을 기꺼이 승락한다는 '원작자로부터의 편지' 시이나 린조 · 椎名麟三, 엔도 슈사쿠 · 遠藤周作, 이시하라 신타로 · 石原愼太郎마저 실려 있어 문화예술계와 문학 청년들의 주목을 당장 끌었다. 내가 좋아하는 엔도 슈사쿠는 '나의 미숙한 작품이 전집 출판에 얼마간의 도움이 된다는 것을 무엇보다도 기쁘게 생각한다'고 말했다.

출판사에서 먼저 띄웠을 편지의 답장 형식이었는데 전집에 수록된 그 밖의 여섯 작가다자이 오자무, 오오카 쇼헤이, 미시마 유키오, 오에 겐자부로, 가이코 다케시, 후카사와 시치로 역시 어떤 형태로든 출판에 동의했으리라 믿는다.

하나같이 쟁쟁한 면면들의 등장이 실로 화려했다. 그러나 그들 작품을 번역한 한국의 시인 소설가 또한 아주 저명한 분들이었다.

지금의 나는 그게 더 마음에 걸린다. 책이 처음 나왔을 때는 느끼지 못했던 때늦은 감상感傷인가. 반세기 전에는 그냥 그러려니 여겼는데 이 글을 끼적이자고 꺼낸 누렇게 바랜 단권單卷짜리 전집 목차를 일별하는 순간 새삼스럽게 놀랐다. 역자들의 성명 석 자가 과람하다는 생각이 들었다. 최정희, 안수길安壽吉, 선우휘鮮于煇, 정한숙鄭漢淑, 오상원吳尙源, 신

268

동문辛東門, 김동립金東立 씨들의 옛 모습과 함께.

이야기는 다르지만 일본어는 60년 그해의 앞뒤에 걸쳐 우리 문학 시장에 여전히 살아 있었다. 말 아닌 글로 계속 행세한 셈이다. 갖가지 세계 명작을 모두 일어 번역본으로 읽었으니까. 그 방면 전문가가 미처 채비를 갖추지 못했기 때문에도 일어로 번역된 것을 다시 우리말로 옮기는 중역重譯 시대가 오래갔다.

일어 번역문 가운데에는 솜씨가 션찮은 것도 많아, '이치카 빠치카'를 '一이냐 八이냐'로, '사이고노 도단바土壇場'를 '최후의 양철판'으로 오역한 것도 있다는 우스개가 떠돌았다. 우리말 번역이 나올 때까지는, 톨스토이를 '도루스도이'로 '사모바르'를 '사모와-루'로 읽을밖에 없었다. 원고료만으로는 먹고살기 어려워 호구지책으로 싸구려 번역을 일삼은 이들이 적지 않았던 시절이다.

'일본 문학이 몰려온다'는 표현이 과장 아닐 만큼 별별 소설이 한국 시장을 파고든다. 어깨에 힘이 실리지 않은 경묘한 소설과, 우리나라에서는 어쩌다 씨가 마르다시피한 추리 소설, 또는 공상 소설이 앞을 다툰다. 통틀어 '라이트 노벨'이라고 해도 무방한 읽을거리가 한일간 무역 불균형

269

의 오랜 숙제인 '입초入超' 현상을 연상시킨다.

하지만 문학이나 예술을 꼭 그런 측면에서 바라볼 건 없다. 마침내 개인적인 상상력의 결과를 국가 단위로 뭉뚱그려 계량화計量化하는 발상 자체가 우습고 비문학적이다.

무엇이 새로운 감각이고, 그것이 사람들의 일상에 어떻게 간여하고 익숙한 현실로부터의 탈피를 꿈꾸도록 조장하는가? 하는 문제는 작가를 끊임없이 구속하는 명제요 보람이다. 한국의 지난 현실은 하물며 작가에게 그걸 강력히 요구했다.

변명을 하자면 그동안의 한국 소설이 팍팍하고 이데올로기에 치우친 것도 그 같은 사정과 무관하지 않다.

때문에 감각적으로 편안한 일본 문학에 경도한다는 것도 일리는 있지만 아주 정확하지는 않다. 내가 보는 한국 독자들은 일류日流와 성격이 전혀 다른 화류華流에도 깊이 공감하는 까닭이다. 그리고 자기 나라 역사와 현실에 대한 고민을 촌스러운 듯 힘 있는 서사 수법으로 앙양한 중국 소설에도 얼마나 호의적인가. 우리는 이처럼 관심이 다양하다.

이러한 과정을 거치는 동안에 일어난 '한류韓流'는 우리에게 다시 무엇인가. 그것은 중년층 일본 '오바상들'의 국경을 넘은 '코리언 웨이브'에 그치지 않았다. 아시아에 고루

퍼져 한국의 정체성을 드높였다.

일본의 리츠메이칸 대학立命館大學 코리아연구센터에서 발간한《'韓流'의 안과 밖》徐勝, 黃成彬, 안자코 유카編을 보고 이 정도로 광범했던가? 경악하지 않을 수 없었다.

열거한 자료와 문헌이 근 400권이다. 한국에서 나온 것까지 합해서 그러한데, 책 제목으로 본 내용은 잡다하다. 〈겨울 소나타연가〉와 배용준에 관한 서적이 65권이나 된다. 한국의 드라마를 분석한달지, 〈대장금〉으로 촉발되었음직한 음식 소개가 있고, '한류'와 관련해서 살핀 동아시아의 근현대 역사서가 또 얼마이다. 상대적으로 따지면 많지 않지만 이참에 더욱 극성을 떤《厭韓流염한류》가 30권을 웃돈다. 그 속에는 만화도 적지 않다.

이 책은 또 '한류'가 '조금씩 수준이 높은 시와 소설 영역으로 확대되고 있는 상황'을 서문에서 비쳤다.

시나리오가 다리를 놓는 수도 있으리라. 〈겨울 소나타〉 시나리오가 곧 그런 구실을 한 폭이다. 일본 영화사상 최초로 아카데미영화제의 외국어 부문 영화상을 받은 일본 영화 〈오쿠리비도애도하는 사람〉는 안 그런가. 염장殮匠 이야기인데 시나리오를 소설로 만든 책이 우리나라에도 곧바로 들어왔다.

시나리오가 먼저고 영화는 나중이라는 도식圖式이 자연스레 뒤집힌 꼴인데, 그 같은 도치법倒置法은 어느 사회 어느 세상에나 있었다. 경계를 없애고 담을 허물어 넓은 세상으로 함께 나가자는 의도는 예술의 구호 아닌 당위거늘, 그게 글쎄 쉽지는 않다. 문학이 그 틈새를 메우는 데 일조를 할 수 있을까.

'한국 문화력과 동아시아의 융합 반응融合反應'을 부제로 단, 위에서 말한 일어판 연구서의 첫머리 글은 문학평론가 최원식崔元植 교수가 쓴《한류─동아시아 소통의 도구》다. 그는 결론의 한 대목을 이렇게 맺었다.

> 한류를 동아시아 공통어 발견의 도구로 활용할 수 있을지, 진지하게 검토할 필요가 있다. 한국의 일류日流와 일본의 '한류'는 두 나라의 상호 무지無知를 각각 자각하는 초보적 역할을 해 왔다. 지금 이 자연 발생적인 자각을 다시 한 단계 높은 레벨로 끌어올리기 위한 세심한 노력이 요구되고 있다. | 2010 |

'일본 제일'의 노래《국가의 품격》

　판문점 휴전 회담이 아직 진행 중이거나 겨우 겨우 성사된 무렵이었을 것이다. 《내가 넘은 38선》이라는 책이 난데없이 나타나 돌아온 평화에 한숨 돌린 사람들의 시선을 바짝 끌었다.

　후지와라 데이라는 일본 여성의 수기《흐르는 별은 살아 있다》를 우리말로 옮긴 것인데, 일본서는 책이 나오자마자[1949] 베스트셀러가 되었다.

　어느 하늘 아래 북위 삼십팔도선인가. 선수를 빼앗긴 아쉬움에, 바꾼 제목의 당대적 소구력訴求力이 막강한 때문이었을 게다. 입소문 등을 통해 많이 팔렸다. 〈가거라 삼팔선〉으로 시작하여 〈굳세어라 금순아〉 〈이별의 부산 정거장〉 같은

273

노래로 디아스포라의 비극을 달래던 분위기와도 맞아떨어졌다. 남의 얘기에 각각의 6·25 체험을 포갠, 자기 연민의 어떤 발산으로 볼 수도 있었다.

해방되기 일주일 전, 소련군의 만주 진주에 밀려 세 아이와 함께 귀국길에 나선 젊은 주부26세의 필사적 생존 의지가 독자의 마음을 그토록 흔들었다. 신경新京, 지금의 창춘관상대 직원인 남편은 직장의 뒤처리를 위해 남아야 했으므로, 두 아들6세, 3세과 생후 한 달밖에 안 되는 갓난애여를 데리고 모진 날들을 견딘다.

평안북도 선천에서 1년을 보낸 다음 해 여름, 황해도 신막에서 일주일을 걸어 삼팔선을 넘는다. 여차하면 애들과 함께 죽을 각오로 산을 타고 내를 건너 개성피난민수용소에 이르는 순간들이 만만찮은 필력과 더불어 절절하다.

아무튼 삼팔선의 정중앙을 돌파한 셈인데 그때 남북으로 통하던 갖가지 길은 도대체 얼마나 되었을까.

엉뚱한 비약이 스스로 느닷없지만 《주한미군 30년》서울신문 편저, 행림출판사 발행, 1979에 답이 나와 있다. 강 12, 하천 75, 철로 6, 국도 8, 지방도로 15, 시골길 104, 짐수레길 181이다.

수많은 산봉우리는 아예 셀 엄두를 못 냈을 게다. 대신 끼워 준 시골길 달구지길이, 이제는 삭은 세월의 감상으로 속절없이 반갑다.

　노안老眼이 갈수록 버거운 내 책읽기는 이렇게 제멋대로
다. 대도무문大道無門의 활달을 감히 놀다가도 어느새 골목길
독법으로 빠져 헤매는 수가 많다. 색다른 단어나 구절에 해
찰을 일삼고 에피소드에 홍감하여 큰 줄기를 놓치기 십상
이다.

　오늘의 우리 주제와는 동떨어진 삼팔선 타령이 여하튼 데
데할지 모르겠으나 딴은 《국가의 품격》후지와라 마사히코 지음, 오상현
옮김, BOOK STAR 발행과도 맞바로 닿는 옛이야기다. 이 책을 읽기
전에 《흐르는 별은 살아 있다》를 50여 년 만에 다시 대한 까
닭 또한 크다.

　언젯적 베스트셀러가 아직 시세를 타고 서울 바닥에까지
나도는가. 대형 서점 일서 코너에서 차라리 부러운 마음으
로 손에 든 저자 어머니의 책 속에서, 육십 중반의 후지와라
교수는 세 살배기 둘째아들로 여전히 징징거리고 있었다.

　이왕이면 싶을밖에. 그의 성장 배경에 대한 느슨한 설명
을 겸하여 가외의 군소리를 주섬주섬 앞세웠다. 프롬나드
의 자유로움에 기대어 모자母子 2대에 걸친 독자 노릇의 별
난 사연을 잠시 되돌아보았다.

지금은 오차노미즈여자대학 이학부 교수인 저자 역시 우리말 번역본에 덧붙이기는 덧붙였다. '한국인 독자에게 보내는 메시지'에서 자신의 남다른 유년을 짚었다. '나는 일찍이 한국의 어느 산에서 죽음 직전에 구출된 몸'임을 전제하고, '이 책이 한국어로 번역되어 나를 구해 준 한국인들에게 읽혀진다는 것은 정말 감개무량한 일이 아닐 수 없다'고 술회했다.

《국가의 품격》은 참 시원시원하게도 나간다. 시종 당당한 기염이 전권에 차고 넘친다. 책으로 해서 여러 사람의 미움을 받으면 붓을 꺾고 본업인 수학의 세계로 돌아가겠다고 다짐한 사람답게 단언하고 단정한다.

강연 내용을 바탕으로 쓴 직설체 문장 덕도 있을까. 책을 내면서 전면적으로 고쳤다지만, 얘기를 명쾌하게 재단하는 과정에 그만한 흔적이 살아남아 술술 읽힌다.

저자의 주장이 그만큼 파격적이다. 지금껏 해 온 미국 따라 하기나 유럽 지향을 접고, 일본의 옛 전통을 살려 고고^{孤高}한 나라를 만들자고 역설한다. 초등학교부터 영어를 가르치는 것은 일본을 멸망시키는 가장 확실한 방법이고, '내가 김정일이라도 미국이 하는 말 따위는 듣지 않겠다'고 장담

한다.

30여 년 전 미국의 콜로라도대학에서 3년가량 수학 강의를 하고 돌아왔을 때만 해도, 미국의 논리 위주 생활에 흠뻑 젖어 있었다고 한다. 하나 서서히 그런 생각을 거둔다.

미국의 사고방식에서 느껴지는 상쾌함을 알게 된 나는 귀국한 후에도 미국적인 사고방식을 관철시켰다. 토론에 지든 이기든 문제의 사안을 마음속 깊이 담아 두며 원망하지 않겠다는 자세로 임했으며, 교수회의에 참석했을 때에는 나의 의견을 강하게 주장하고 반대 의견에 가차 없는 비판을 가했다. 개혁에 이어지는 개혁을 소리 높이 외쳤다. 미국에서는 개혁은 언제나 선이었기 때문이다. 그러나 결국 나의 명분은 통하지 않았으며, 의견이 엇갈리는 경우가 거듭되었다. 나는 수년간 미국 취향에 젖어 있었지만 점점 논리만으로는 문제가 해결되지 않고, 논리적으로 옳다고 하는 것은 그다지 중요하지 않다고 생각하게 되었다.

_ 머리말

미국에 이은 케임브리지대학 1년 체류 경험이 그의 변모를 거듭 도왔다. 뉴턴이 살아 있을 때와 똑같은 방에 촛불을 켜고, 검은 망토 차림으로 식사를 하는 전통에 괄목한다. 그런 케임브리지에서는 논리를 강하게 주장하는 사람들이 기피당했다. 같은 앵글로색슨족이면서도 이심전심으로 문제를 해결하는 방식이나 관습을 중시하는 점이 미국과는 판이하다고 생각한다. 개혁에 열정을 불사르는 사람이 없지 않았지만, 영국 신사들은 그들을 '유머가 결여된' 사람으로 치는 풍조가 두드러져 보였다.

그 무렵40대 후반부터 저자는 지극히 일본적인 정서와 틀樣式에 집착하고 무사도 정신武士道精神의 부활을 꿈꾼다.

논리 대신 여러 가지 이유로 버리거나 잊고 지낸 일본 특유의 미풍을 되찾기로 마음먹은 것이다. 의고擬古 아닌 고유 문화의 재발견을 통해 세계화 추세에 맞서자고 각을 세웠다. 《국가의 품격》은 이런 관점에서 내용을 두 파트로 나눌 수 있다. 전반前半은 '파탄에 접어든 서양' 비판이고, 후반은 일본 민족만이 세계를 구할 수 있다는 확신이다. 양단간에 한 대목씩을 골라 본다.

모든 사람들에게 진실로 평등한 것은 무엇인가 하고 생각해 보면, 좀처럼 찾아낼 수 없어 고민에 빠져 버린다.

도대체 평등이라고 하는 것은 어떠한 것인지 정의를 내리는 것조차도 불가능하다. 소비세를 일률적으로 5퍼센트로 하는 것이 평등인가. 혹은 부자들한테서는 10퍼센트, 가난한 자들한테서는 1퍼센트로 하는 것이 평등인가 하는 것조차도 확실하지가 않다.

나는 평등이라고 하는 것은 서양인들이 지혜를 짜 만들어낸 미사여구에 지나지 않는다고 생각하고 있다. 근대적인 평등의 개념은, 어쩌면 왕과 귀족 등 지배자에 대항하기 위한 개념으로서 꾸며낸 것이라고 생각한다. 그렇기 때문에 평등을 맨 앞에 내세운 미국 독립선언서에서는 정당화를 위해 신이 필요했던 것이다.

미국은 노예 제도의 본바닥이기 때문에 '평등'은 인권에 관련한 의미를 지니지 않았을 것이다. 어쩌면 영국 국왕을 염두에 두고 있었을 것이다.

_〈평등도 픽션〉 117쪽

일본인 개개인이 아름다운 정서와 틀^{양식}을 몸에 지녀 품격 있는 국가를 유지하는 것은 일본인으로 태어난 진정한 의미이며, 인류에 대한 책무라고 생각한다. 최근 4세기 동안 세계를 지배해 온 서구의 교양은 드디어 파탄을 보이기 시작했다. 그래서 세계는 어찌할 바를 모르고 있다. 시간은 흐르는데 이 세계를 구하는 민족은 일본밖에 없다고 나는 생각한다.

_〈세계를 구하는 것은 일본인〉 255쪽, 마지막 결론

　대단한 자부지만 그렇게 생각하는 일본인도 있구나 여기면 그만이다. '고고한 나라 일본'이 세계에 모범을 보이자면 정서와 '틀'을 되살려야 한다는 발상이 단조롭다.
　저자는 제4장 '정서와 틀의 나라 일본'에서 그것이 무엇인가를 일일이 나열 자랑했다. '자연에 대한 감수성과 미의식을 느끼는 점에서 일본인을 능가할 만한 국민은 없다'는 서양 사람의 칭찬을 먼저 내세웠다. 한 외교관 부인이 쇼와시대 초기에 쓴 《동경에 살다》에 나오는 말이라고 했다. 그리고 하이쿠, 정원, 다도, 꽃꽂이, 서예, 단풍을 줄줄이 들었다.
　개중에 특히 역점을 둔 것이 '모노노 아와레'와 '무사도 정신'이다. 일본 정서의 전형이라 할 '모노노 아와레'는 뜻이 매우 추상적이다. 똑떨어지게 해석하기 어려운데 저자의 설명이 마침 뒤를 이어 그대로 옮긴다.
　"모노노 아와레라고 하는 것은 덧없는 인간의 삶과 유구한 자연 속에서 변화해 가는 것에서 미를 발견해 내는 감성

이다."

일본 중세문학의 대부분이 이것으로 일관되어 있다고 했는데, 그가 같은 문장 속에서 부연한 경험담이 희한하다.

10여 년 전 가을이었다고 한다. 자기 집에 놀러 온 스탠퍼드대학 교수와 저녁을 먹는데 창밖에서 벌레 울음소리가 들렸다. 미국인 교수는 곧 '저 노이즈noise가 무엇이냐'고 물었다. 같은 벌레 소리를 놓고도 저자의 시골 할머니는, '아 이제 가을이로구나' 하시며 눈에 눈물을 머금었단다. 그런 정경을 떠올리며 그는 생각한다. '어찌하여 이런 자들과 전쟁을 해서 졌을까'를.

벌레 울음소리뿐인가. 사쿠라, 단풍잎에 사계절을 예찬하고, '그리움'을 고급 정서로 추어올렸다. 일본인의 향수鄕愁는 긴박감을 동반한다고 해도 좋을 만큼 농밀한 정서이기 때문에 그걸 노래한 문학이 산처럼 많다고 했다.《만요슈万葉集》등의 고전과 이시카와 타쿠보쿠의 단가短歌를 들면서.

못 말릴 지경으로 철저한 그의 이런 성향은, 일본인의 미적 감수성이나 정서를 뒷받침하는 좌표축으로 '무사도 정신'을 꼽는 데서 절정을 이룬다.

가마쿠라시대 때부터 일본인의 행동과 도덕 기준으로 기능해 온 무사도 속에는 자애, 성실, 인내, 정의, 용기, 측은惻

^隷 외에 명예와 수치심이 포함된다고 밝혔다. 말 타고 싸우다가 신사도로 발달한 영국의 기사도와 같고, 불교 유교 신도^{神道}의 미덕을 각각 따왔다는 둥 그 속에는 없는 것이 없다.

성난 얼굴로 되돌아보듯 무사도 정신의 실천적 복원을 부추기는 인사는 그밖에도 많지 싶다. 근래 들어 한층 더하거늘, 후지와라 교수는 니토베 이나조의 외국인용 해설서《무사도》^{오상현 교수에 따른 영문 제목은 'Bushido:The Soul of Japan', 1899}를 특히 좋아한다. 자신의 무사도 정신도 거의 다 니토베의 해석에 근거를 둔다면서, 그 방면의 고전이라 할《하가쿠레》는 가볍게 평가했다.

여기서 언급해야 할 인물이 소설가 미시마 유키오다. 무사도와 관련된 그의 저런 막판을 새삼 떠올리자는 게 아니다. 그보다는《하가쿠레 입문^{葉隱入門}》을 직접 쓴 저자로 당장 맞춤하기 때문이다.

규슈 나베시마 번^藩의 야마모토 츠네토모가 구술한 것을 기록한 책이다. '무사도는 죽는 것이다'라는 허두의 한마디로 유명하다. 불쑥 튀어 나온 촌철살인의 기세가 여간 당차다.

내용이 죄 살벌하지는 않다. '아이 기르는 법' '순간순간을 진검 승부하듯 살라' '홍분^{紅粉}을 지니고 다녀라^{술이 깨거나 자}

고 일어났을 때의 꺼칠한 안색 관리를 위해 '하찮은 일일수록 정성을 다하라' '아침마다 미리 죽어 두라^{문밖은 적이므로}' 등등 다양하다.

미시마는 어떻든 '무사도 즉 죽음'이라는 말이 상징하는 역설에 깊이 빠진다. '매우 명랑하고 인간적인 책'이라 상찬하고, 자기는 거기서 사는 힘을 얻어 태평양전쟁 때부터 20여 년간 《하가쿠레》를 책상에서 내려놓은 적이 없다고 입문서에 썼다.

수학자와 작가의 접근 방식이나 수용 태세가 많이 다르다. 하지만 사무라이 정신을 나름대로 새기고 정리하여 일상에 응용하거나 내려 받으려는 의지는 비슷해 보인다.

후지와라 교수는 경도^{傾倒}의 정도가 더더욱 심하다. '약한 자가 이지메당하는 걸 보고도 못 본 체하는 것은 비겁하다'는 아버지의 가르침이 몸에 밴 까닭이다. 비겁하다는 것은 '살 가치가 없다'는 뜻으로 말씀하셨단다.

만주에서 헤어진 아버지는 3개월 늦게 일본으로 돌아와, 닛타 지로라는 필명으로 소설을 쓴다. 나오키 상을 받고 산악 소설의 새 경지를 트는 등 유명 작가로 활약하다가 1980년 작고했다. 그는 언제나 '무사도 정신'을 자식 교육의 중심에 두었다.

실상 《국가의 품격》에서 저자가 가장 비중 있게 강조한 것도 이 점이다. 오죽하면 아버지의 그 같은 가르침이 자기에겐 행운이었다고 토로했으랴. 그런 입지立地에서 세상을 대하는 안목을 넓혔다.

일러전쟁과 일미전쟁은 그 시기에 일본의 독립과 생존을 위해 다른 방법이 없었다고 생각한다. 그와 같은 전쟁 이외에 어찌해야 할 방법이 없는 상황을 만든 것이 바람직하지 않았던 것이다.
그러나 일중전쟁은 다르다. 책략가인 스탈린과 모택동의 꼬임에 빠져들었다고는 해도 당시의 중국을 침략해 들어간 것은 전혀 무의미한 '약자에 대한 이지메' 였다. 무사도 정신에 비추어 보면 그것은 더욱더 수치스러운 것이었고 비겁한 행동이었다.

일본인들 보라고 쓴 일본인의 글을 재미 삼아 스치면 되려니 싶어 산책을 마음먹은 책이다. 한데 나 같은 한국인 독자는 기어코 속이 좀 언짢다.
중국 침략이 수치스럽고 비겁한 짓이면, 무사 찌꺼기들을 시켜 남의 황후를 참살하고, 기력 쇠잔한 나라까지 통째로 집어삼킨 비겁은 무엇이냐.

때문에 진정한 무사도 정신으로 돌아가기를 원한다고 저자는 말할 것이다. 아닌 게 아니라 했다. '명치시대 이래 구미 열강이 예외 없이 약자 이지메를 했다 하더라도, 일본마저 따라한 것은 무사도 정신이 쇠퇴한 증거다. 일본 역사의 오점이다.' 이렇게 말했다.

그래서 진정한 무사도를 다시 세우자 이건데, 그게 잃어버린 보따리를 되찾듯이 수월할까. 국수주의와는 얼마나 다르고, 상반된 두 자세는 어디서 어떻게 갈렸다가 다시 만나는지, 정체가 모호한 것도 사실이다.

최근 출간된 문학평론가 이보영李甫永의 《역사적 위기와 문학》신아출판사 발행, 2007에서 그만한 사정을 유추할 수 있다. 이 저서에 수록된 〈나츠메 소세키의 자기 모순-국수주의적 애국심과 관련하여〉가 즉 그것이다.

50쪽이 빵빵하도록 긴 평론에서 나츠메의 여러 소설들 《여余는 고양이로다》를 비롯한 《三四郞》《그 후에》《문》의 3부작 등을 치밀하게 분석했다. 러일전쟁 전후에 드러난 나츠메 소세키의 조선 경멸을 그의 작품과 행적을 통해 낱낱이 검색한 것이다.

안중근 의사의 이토 히로부미 암살을 놓고, 장편소설 《문》의 주인공 소스케는 아내에게 일렀다.

"이토 공&은 살해된 탓으로 역사적 위인이 됐어. 그저 별 일 없이 죽으면 그렇게는 안 돼요."

작가의 위인 만들기에 안중근은 '태연히' 무시된다.

명성황후 참살 사건이 보도되자 나츠메는 또 친구인 시인 마사오카 시키에게 보낸 편지1895. 11. 24에서 말한다. '최근 사건 중에서 가장 고마운 것은 왕비의 살해입니다'라고.

이보영은 물론 나츠메의 소설이 모두 사회적 진화론에 오염되었다고는 보지 않는다. 예외의 작품이 많되, 명치시대 와 대정시대에 걸쳐 나츠메만큼 자기 소설 속에서 한국^{한국인}

을 자주 언급한 작가도 없다고 했다. 첫 번째 장편《여는 고양이로다》에서 마지막 작품《명암》에 이르기까지 되풀이되는 언급은 그러나 천시와 경멸에 차 있다. '그처럼 집요한 민족적 적대감은 세계문학사에서 유례가 없다'는 결론이 따라서 주목을 끈다. 지금까지는 접하지 못했던 지적이다. '조선 선비와 일본 사무라이'의 같고 다름을 성리학을 중심으로 비교 검증한 책세종대 교수 호사카 유지 지음, 김영사, 2007마저 나와 있는 마당이다.《국가의 품격》이 본뜨고자 애쓰는 무사 역시 칼 찬 사무라이만이 아닌 바에야, 침략 전쟁을 둘러싼 문필가의 그런 자세는 앞으로도 계속 질문을 받을 것이다.

나츠메는 명치 천황에게 지극한 충성을 바치고 국가가 수행한 침략 전쟁을 적극 옹호했다. 일본에는 그런 인식에 반대하는 의지의 지식인 또한 적잖은데, '어쩔 수 없다'는 자세로 일단 터진 사변을 수용하는 층이 사실은 제일 많다. 도쿄대학 고모리 요이치 교수도 이런 측면에서 무라카미 하루키의《해변의 카프카》를 비판했다. 어쩔 수 없다는 인식으로, '천황의 전쟁 책임을 은폐하고 일본인들의 식민지 기억을 지우는 기능을 했다'고, 지난봄에 열린 국내의 한 세미나에서 밝혔다.

엔도 슈사쿠의 장편소설《바다와 독약》에서 좀 더 구체적인 '어쩔 수 없는' 정황을 찾을 수도 있다. 제2차 세계대전 말기, 규슈대학 의학부의 미국인 포로 생체生體 해부 사건을 작품으로 재구성한 것이다.

자세한 전말을 설명할 겨를이 없다. 해부를 끝내고 밖으로 나온 젊은 의사가 함께 일한 동료에게 하여간 이른다.

"나나 너나 이런 시대에 이런 의학부에 있었기 때문에 포로를 해부했을 따름이야. 우리들에게 벌을 내릴 녀석들이 같은 입장에 놓였다면 우리도 어찌 됐을지 모르잖아. 세상의 벌이라는 게 대충 그렇다구."

시종 해부 현장을 지켰던 입회 장교들 가운데 하나가 또 눈이 새빨갛게 충혈된 다른 장교에게 일부러 큰소리로 말했다.

"무라이 상. 당신 얼굴이 꼭 여자와 자고 난 사람 같아."

《국가의 품격》은 저자가 일본인들에게 보내는 일종의 '할喝'이다. 태평양전쟁이 끝나면서 조국에 대한 긍지와 자신감을 잃는 바람에 다리와 허리가 약해졌다는 탄식이, 소설의 묘사를 닮은 양 강퍅하다. 시장 경제로 대표되는 서구의 논리와 합리에 '몸을 팔아 넘겼다'는 극언과 아울러.

우경화 그룹을 대변하는 정치적 프로파간다를 자칫 연상

시키는 부분도 없지 않지만 그쪽과는 분명히 선을 긋는다. 유독 심한 미국 비판이 우선 딴판이다. '일본은 거의 미국의 식민지 상태에 놓여 있으며 미국에는 국가의 품격이 없다'고 못 박았다.

그러면서 세계에 자랑할 만한 일본 고유의 정서와 문화요 약하면 문학·예술·수학를 대신 내세웠다. 세계를 '균질'하게 만들려는 세계화 추세와 과감히 싸워, 일본을 보통 국가 아닌 '특별한 나라'로 만들자고 '세계' 몰아붙였다.

나 같은 독자는 하도 황당한 주장의 옳고 그름을 따질 생각이 없다. 다만 유의한다. 베스트셀러라는 상용어商用語에 담긴 수백만 일본 독자들의 공명共鳴이 요즈막 일본 정치의 흐름과도 관계가 있을까, 아니 없을까. 이런 기류 안에 으레 끼기 마련인 일시적 호기심을 포함하여, 이번 책에 쏠린 독서 경향의 다음 단계가 궁금하다.

지겨울 정도로 많은 게 한일 관계를 다룬 책이다. 일일이 신경을 써 무엇하리요마는, 가다가는 아주 못 본 체할 수도 없는 경우가 더러 생긴다. 사람끼리 만나고 책으로도 소요해야 할, 만고에 가깝고 먼 이웃인 탓이다. | 2007 |

헌시

그리운 청년, 최일남

_곽효환

그리운 청년, 최일남*

대학신문 이 년차 겨울방학, 자기 이름을 단 기명 칼럼 작성을 앞둔 학생 기자들은 연탄난로를 피운 편집실에 모여 각자 닮고 싶은 신문 칼럼들을 필사했다 살을 에는 듯한 삭풍에 맞서 하얀 손에 입김을 불어넣으며 바닥에 뒹구는 마른 나뭇잎이라도 무기 삼아 겨울 하늘 한 귀퉁이라도 겨누어 깊숙이 찌르고 싶던 섬뜩하기만 한 시절 한 선배가 던져준 날짜 지난 신문 뭉치를 넘기며 최일남 칼럼을 읽고 또 베꼈다 절로 웃음을 머금게 하는 해학 속에 흔들리지 않는 어떤 서늘함이 가슴속 깊이 박혀왔다 텁텁하고 걸쭉한 탁배기 같은 입담에 실은 결코 첨예함을 잃지 않은 그의 글을 옮겨 적은 이백 자 원고지 붉은 칸의 뻐틀뻐틀한 자간과 행간을 오가며 그해 겨울을 났다 수양버들에 물이 오를 무렵 나는 그의 글을 아니 그를 닮고 싶었다 그리고 한참을 지나 만난 그는 신문쟁이가 아닌 노년에 접어든 소설가였고 나는 일을 핑계로 학동, 그의 동네를 무시로 찾았다

---

* 곽효환 시인의 시집 《지도에 없는 집》문학과지성사에 수록된 시를 재수록한 것임.

#1

강남구청 앞 한식당 이조,
작고 소탈해 뵈는 어느새 이순을 훨씬 넘긴 작가는
점심상을 두고 마주한 문청의 끝 모를 질문에
그저 넉넉한 웃음을 보태주고 있었는데
일하는 아주머니가 밥상을 물리며 물었다
"준비할까요?"
황급히 손사래를 치며 그는
"아니 아니, 오늘은 안 쳐. 젊은 청년 이야기 들어줘야돼."
신문사 그만두고 가끔 옛 동료들과 점심 먹고 소일하던 그 비빔밥집
두툼한 담요를 가운데 펴고 화투장 펼쳐 들어
선생과 팡팡 꽃놀이 하고 싶었다
만년의 그처럼 환하게 웃고 싶었다

#2

고교 시절 하굣길에 들르던, 전자오락실이 있던
한양쇼핑센터가 명품관 갤러리아백화점이 되고 로데오거리가 된
그 길목 어느 칼국수집에서 점심을 마치고 선생이 물었다
"맥도널드 가서 커피 한잔할 텨?"
"아니, 맥도널드도 가세요?"

"이 사람아, 내가 압구정동 늙은 오렌지인 거 몰러?"
빨간 플라스틱 의자에 마주 앉아
그가 손녀딸을 데리고 종종 들른다는 사실을 알았다
"딸은 다 좋은데 애써 키워 시집보내고도 애프터서비스를 해줘야 한단 말이
야. 그것도 보증기간이 꽤 길어요."

#3

선생이 고희를 지나고도 한참 후엔가 전화를 드렸을 때
댁에서 뵈었던 키가 훤칠하고 고운 모습 그대로인
부인께서 자상하게 전화를 받았다
인사를 드리고 선생을 청하자 수화기 너머로 들려오는 소리
"일남 씨, 일남 씨, 전화 받으세요……"
그날 수화기를 붙잡고 한참을, 한참을 소리 내어 웃었는데
"……이 사람, 싱겁기는. 이러고 사는 거 처음 보나……"

세상에 하나밖에 없는 사내
세상 첫 번째 남자
영원히 아름다운, 웃음 많은 내 가슴속 그리운 청년
ㅡ男씨

최일남

1932년 전주에서 태어나 서울대 국문과를 졸업했다. 1953년 《문예》에 〈쑥 이야기〉가, 1956년 《현대문학》에 〈파양〉
이 추천되어 등단했다. 소설집으로 《서울사람들》 《타령》 《누님의 겨울》 《아주 느린 시간》 《석류》 등이, 장편소설로는
《거룩한 응답》 《숨통》 《하얀 손》 《만년필과 파피루스》 등이 있다. 《기쁨과 우수를 찾아서》 《상황과 희망》 《바람이여
풍경이여》 같은 수필집을 내고, 오영수문학상, 한무숙문학상, 김동리문학상, 한국일보창작문학상, 이상문학상, 인촌문
화상, 장지연언론상 등을 받았다.

최일남 에세이

풍경의 깊이 사람의 깊이
ⓒ 최일남, 2010

초판 1쇄 발행일 | 2010년 11월 25일
초판 3쇄 발행일 | 2011년 03월 31일

지은이 | 최일남
그린이 | 송영방
펴낸이 | 임인규
책임편집 | 임은희
디자인 | 이석운, 김미연

펴낸곳 | 동화출판사/문학의문학
주소 | 413-756 경기도 파주시 교하읍 문발리 509-3 파주출판단지
전화 | (031) 955-4961
팩스 | (031) 955-4960
등록번호 | 제3-30호(1968. 1. 15)
홈페이지 | www.dhmunhak.com

ISBN 978-89-431-0378-1 (03810)

※ 이 산문집은 대한민국예술원의 2010년도 예술창작활동 지원금으로 제작된 것임.